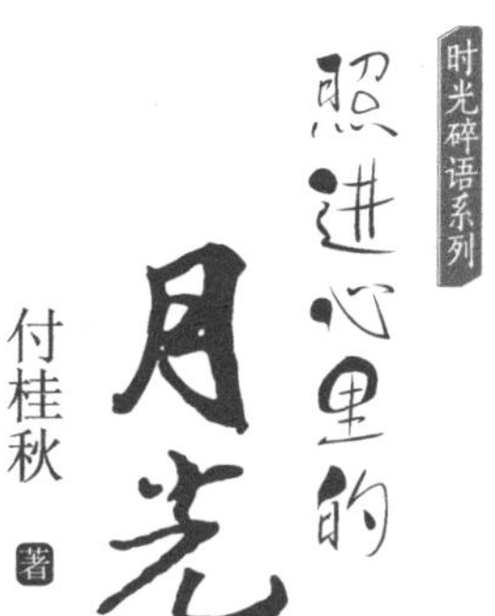

天津出版传媒集团
天津人民出版社

图书在版编目（CIP）数据

照进心里的月光 / 付桂秋著 .-- 天津 : 天津人民出版社，2017.10（2025.4重印）
（时光碎语系列）
ISBN 978-7-201-12254-0

Ⅰ.①照… Ⅱ.①付… Ⅲ.①散文集－中国－当代
Ⅳ.①I267

中国版本图书馆 CIP 数据核字（2017）第 201804 号

照进心里的月光
ZHAOJIN XINLI DE YUEGUANG
付桂秋 著

出　　版　天津人民出版社
出 版 人　黄　沛
地　　址　天津市和平区西康路 35 号康岳大厦
邮政编码　300051
网　　址　http://www.tjrmcbs.com
电子邮箱　tjrmcbs@126.com

责任编辑　张　凯
特约编辑　李　路
封面设计　侯　建
排版设计　西橙工作室

制版印刷　三河市天润建兴印务有限公司
经　　销　新华书店
开　　本　880 × 1230 毫米　1 /32
印　　张　6.5
字　　数　116 千字
版次印次　2017 年 10 月第 1 版　2025 年 4 月第 3 次印刷
定　　价　39.80 元

目　录

生活篇

乡情篇

亲情篇

爱情篇

生活篇

约会乌拉盖

梦寐以求的乌拉盖草原之旅终于成行时，仿佛是去赴一场约定已久的约会，心醉神迷的我，视线一直流连在窗外。

可刚进入内蒙古境地时，却见草木斑驳，高大的发电风车在茫茫的旷野上缓缓转动，寂寞而单调。一种无法言喻的苍凉感慢慢爬上心头，似乎看到了日复一日，风驱着风，沙推着沙，一片片绿洲被逐渐吞噬的过程，就莫名地担心起那些骁勇善战横扫亚欧大陆的灵魂，是否还能找到回家的路。

以前，总认为蒙古族导演宁才的作品饱含忧郁，有一种内心的疼痛在里面。置身这片沙化土地后才能理解，他自编自导，和妻子娜仁花联袂主演的电影《季风中的马》中，倾注了两位蒙古族艺术家怎样的情怀。

记得著名散文家素素说过：家的概念最强的是乡下人，尤其是从乡村走进城市的人。如果你的人生是从乡下开始的，那么你的一生，都和你背后离开的那个家纠缠不清，你的灵魂终身都被它锁定……

下午两点，在众人昏昏欲睡时，眼前渐渐辽阔起来，出现了大片的平原，绿草虽不够茂盛，却具备了潜意识中草原该有的韵味。心里不觉亮堂起来。只是一路所见树木极少，一些地段甚至连护路树都没有，也许这和土质有关。偶见的几株随意生长的树木，也孤零零地站在旷野中，参照物般醒目。

随着步步深入，牧草越发丰腴起来，心目中茫茫草原的气场渐渐显露。更难得的是，半阴的天空也逐渐放晴，露出了高远的蓝天。

又转过一道弯路，忽见迎面飘来大朵大朵的白云，奔逸绝尘，似乎紧贴着车顶掠过。此刻的天际与草原已经连在了一起，那云朵仿佛是从远处绿色丘陵与蓝色天空连接处咕嘟咕嘟发射出来的，那一大团一大团的洁白，幻化成白衣仙子，依托着广袤的绿色地毯，衣袂飘飘地飞奔而来。

白云从绿草中升起，天地合一，蓝绿浸染。原来，不知不觉中，我们已经踏上了让无数人狂歌雅颂的天边草原了！就在众人惊喜、惊奇、惊叹之时，又发现远处草地上稀疏点缀的白色斑点竟然在变换位置。哦！羊群，那是羊群！

众人高喊停车。司机笑道：“别急，这刚搭边儿，再往前就该牛羊成群了，比这好看的地方多得是呢。”

这时就有人放声高唱：“蓝蓝的天空白云飘，白云下面马儿跑……”歌声虽走调儿，心儿却醉了……

歌声让旅途愉快起来。下午三点左右，隔着车窗，远远看到两个巨型白色半身塑像端坐于山巅，以山高我为峰的姿态威慑寰宇。领队说，可汗山到了。那塑像就是成吉思汗和忽必烈。

巨像吸引游人穿过山门，经由一条石板路直奔山脚。

路的右手边矗立一排石人柱艺术雕像，从苍狼开始，直到成吉思汗的父亲也速该和母亲诃额伦。这是记载黄金家族二十几代人的生命历程的路，被誉为“苍狼之路”。山脚下是两个气势恢宏全副武装的兵阵——蒙古武士兵群和元朝士兵群，八百之众，各个目视前方，健硕威严。山坡上是成吉思汗的十六位继承人蒙元皇帝群。

可汗山像一部史册，生动地记载了英勇的游牧民族在金戈铁马时代脚步铿锵的履历，谱写下一个鼎盛王朝功垂彪炳的壮美诗篇。置身此地，你会油然生出一股浩荡之气，仿佛听到马蹄声从远古踏响，牛角号自天边飘来。“天兵饮马西河上，欲使西戎献驯象。旌旗蔽空尘涨天，壮士如虹气千丈。”你似乎被那些英武的灵魂牵引着，激情上涌，血液沸腾，一种飞身跃马穿越远古时空的豪情浓烈而张扬。

可汗山不但记载了一部浩瀚的蒙元兴盛史，还完好地保留着塞外草原的民族风情。这里牧草葳蕤，风吹草低处牛羊成群，足以囊括外来者对草原的所有想象。

我们张开双臂投入草原的怀抱，行得没有目的，拍得没有章法，只是咧着嘴傻傻地笑着，仿佛走入了美轮美奂的梦境一般，而梦里的主角，就在这里安静地等着你的到来，这场如期的约会，酣畅而幸福。

离开可汗山时，天又阴了下来。就在夜的帷幕即将拉合之时，远方隐约露出一座座花蘑菇似的蒙古包和一片辽阔的水域。领队告诉我们，宿营地乌拉盖湖到了。

不见星月的草原之夜宁静安然，那些振奋人心的辽阔与壮美隐于身后，点点昏黄的灯光映出远近不一的蒙古包轮廓，仿佛身披黑色大氅的夜行人的眼睛，孤寂幽远，深不可测。

塞外草原之夜，微风里并没飘荡夜莺的婉转歌声，旷野中更不闻草原狼嚎的阴风阵阵，这宁静的夜晚呀，似乎是在催促奔波一天的游客尽早安歇。

翌日清晨，天空依然阴云，难以想象地清冷。我把连睡衣在内的所有衣物全部套在身上，洗漱时依然冻得瑟瑟发抖。少顷，云层被初升的太阳渐渐撕出一道裂痕，霞光喷薄而出，继而又露出轮廓清晰的红色面庞，给灰暗的云层镶上深浅不一的金边。只见那寂静的湖水，如若涂抹上胭脂的新娘，瞬间变得波光粼粼、妩媚多姿了。

远道而来的游人，身披乌拉盖湖清晨润泽的霞光，贪婪地呼吸着大草原清爽的空气，拥抱这尺壁寸阴的宝贵时光。而那些摄影爱好者们，立刻架上长枪短炮，“咔咔咔”一阵快门，抓拍霞光浸润的塞外草原天人合一的绝美画面。

按计划，这天是在乌拉盖湖周边游玩。

离开宿营地不久，见路边草地上大片色彩斑斓的野花开得正艳，那是塞外草原特有的天然随性之美，不同于江南那种脂粉气过于浓重的雕琢。见有身披五彩丝巾的游客在花海里徜徉，我们也要求下车拍照，司机却说，他前些天来过此地，比这里漂亮的花海多得是，趁着人少，咱们先去芍药园吧。

一路上，一片片不同种类的花海迎面而来，又被我们微笑着甩在身后，天气忽晴忽阴，忽而又细雨飘摇，给游玩增添了浪漫色彩。可当我们抵达芍药园时，却被栅栏挡在了外面。因为芍药花已落，园子关闭了。

后来的旅程，再也没见过那般绚烂的花海了，惋惜之情油然而生。

每一种相逢都该是一种缘分，或擦肩而过，或驻足相遇，只看自己的一个决定。如果总是挑挑拣拣，把希望寄托于下一个目标，很多时候便错过了缘分。错过也便错过了，有几人能返回去寻找，又有谁还会在原地等着你呢？

为自己采一束野花，为敖包加一块石子，那是简单的快乐，更是虔诚的寄托。

下午五点半，隐约听到轰隆隆的雷声由远及近，我们决定马上返回宿营地。可是，乌云即刻大幕般横拉过来，肆虐的狂风紧跟其后，大雨滂沱，逆风狂泻的雨点裹挟沙粒拍击车窗。刚刚还柔情似水的大草原，发起脾气竟如此狂野彪悍。而相对于大自然，人类此刻变得渺小无能，只能胆战心惊地忍受它淫威的肆虐。

当我们艰难抵达宿营地时，雨渐渐停了下来，云层也变薄了，可眼前情景却让我们刚刚松弛下来的神经又紧绷起来。由于湖岸地势低洼，来势凶猛的雨水裹挟着泥沙依然气势汹汹地从四面八方往湖里猛灌，乌拉盖湖水上涨，搭建在岸上的蒙古包全都漏雨，游客们没有收起的帐篷更无一幸免。最为严重的是，由于沿湖周围接待区都是采用便携式小型发电机自行发电，我们接待区因雨水造成线路短路，停电了。彪悍的老板正横眉立目，用蒙古语吵骂着带人排查。

半个小时后，主包拉上临时照明。晚七点半才勉强开饭，原定十个菜的晚餐仅仅对付出来六个，凉馒头没蒸就端上桌，手抓羊肉七分熟，游客意见很大。

高大威猛的冷脸老板对用餐的人们说："今天费用少收三百，篝火晚会照常开。"

一听说晚会照常，顿时响起了掌声。

置身草原腹地，马头琴在身边奏响，大草原在脚下延伸，音质音色如何，舞姿美丑，已经无人去品评了，要的就是这种接地气的舒展与奔放，那些因暴雨袭击、晚餐不悦、住宿条件恶劣造成的沮丧与无奈，全部被高潮迭起的篝火晚会冲散殆尽。

要说此次乌拉盖之游最美之地，首屈一指的应为九曲湾。

九曲湾是乌拉盖河的一部分，因河流蜿蜒曲折百转千回而得名。这里最为奇特的是，河床南岸全部光秃秃的，与草原连接，而北岸却自然生长着一排清新的红柳树，把河段装点得波澜起伏，令人拍案叫绝。

站在高尧乌拉（蒙语美丽的山）观景台远眺，一马平川的绿色草原上，白色蒙古包、棕色小木屋在蔚蓝的天空下星罗棋布，一条墨绿色卷着银边的哈达镶嵌在茫茫大地之上，波浪翻滚，不见首尾。这里蓝天如洗，山川锦绣，男人骑马射箭，女人采花扑蝶。姑娘们穿着红蓝不一的蒙古袍，头戴缀满漂亮流苏和红玛瑙珠串的帽子，载歌载舞，场面如诗如画。

置身九曲湾的游人，无不被眼前浑然天成的美妙画卷倾倒，被大自然的鬼斧神工感动得如醉如痴。

离开九曲湾，我们赶往此行的最后一个景点，电影《狼图腾》主场景拍摄地。来到这里才得知，门票一律50元，无团体票之说。我们领队试着提了下宿营地老板的名字，负责人爽快地说："哦，就是你们哪。布仁说务必照顾一下，那就每人少收20元。"

想起离开时，那个带着十足野性，开个大挎斗摩托的冷脸老板曾含含糊糊地说，若来此地可以提他。当时我们都以为，账已经结了，他与这些离去的远方游客几乎再不会有交集了，那不过是一句客气话罢了，没想到他真的与朋友联系好了。

在当今只顾眼前利益的旅游业内，他们难得地依然保留着先辈们的厚德品行呢。也许，正是这种游牧民族贤德古风的滋养，才使这方水土仍旧带有神奇与灵性的魅力，吸引着世人朝圣般的脚步吧。那种饱含青草味儿的豁达与纯美，沁人体魄，圣洁绵长……

由于时间紧迫，不得不和草原说再见了。对浩瀚的大草原来讲，我们三天的短暂旅程不过是管中窥豹，更无法满足我对草原长久以来的缱绻深情。

一座座蒙古包迎面驶来又向身后移去，那些珍珠般散落绿野上的羊群，那些长着斑驳花点安静吃草的牛犊儿，那些身披长长鬃毛撒欢儿奔跑的骏马，也渐渐隐没在暮色之中，成为我永不褪色的草原记忆的影像了。

大巴车在黄昏中奔驰，疲惫的游人渐渐安歇了。

恍惚中醒来，窗外已是星月满天。晚风吹送，我仿佛又听到了马头琴悠长的旋律，我便双手合十，向上帝祈祷，愿在这块神奇土地上生活的人们，羊肥马壮，平安吉祥，能继续润物无声地带给远方来客心灵的洗礼……

路过南京

本人路痴，以前从未自己出过远门，但为了参加一个笔会，不得不独自从东北去了江南。会后抵达南京南站已经中午，准备坐次日上午的高铁返程。故此，有段时间独自感受魅力金陵。

秦淮河畔　热心金陵男

长途大巴车停在南京南站的高架桥上，桥和高铁站二楼形成一个小广场，下车直接进售票处和候车室。这人性化的设计，尽显现代都市魅力。

我存好行李，一路打听景点，坐地铁到三山街下车。首先给自己找个落脚点休息一下，入住酒店，稍作休整，开始游玩南京。

来南京夫子庙是首选。向路边一对恋人问路，回答说不是本地人，也不清楚路径，于是站在路口四下张望。这时，见一骑摩托车等红灯的帅哥上下打量我，年纪也就三十出头。

看他的眼神心里就有点不悦，暗想：看什么看？本大姐刚刚洗漱完毕，不会有什么碍眼之处吧？可一自检：哦，连衣裙，光脚穿着登山鞋。看来，应该是我的装束引他侧目的，想必这该是位讲究仪表的主儿。我心里辩解道，你哪会知道，本人昨天爬了一天九华山，差点累吐血，现在怎么舒服就怎么来了，置身南京，两眼一抹黑，谁认得我是谁呀。时间宝贵天气又热，我才不想回去换装呢。

忽然灵机一动，既然你看我，又骑着摩托车，想必是地主了，那就向你问路吧。于是鼓起勇气，上前向他打听夫子庙所在。

此人笑了，慢条斯理地指引说：“你往前走，再向左拐两百米，前面过个路口就是了。”为了弄清楚，本路痴就用手指着重复给他听。帅哥忍不住地笑，又眨眨眼，用商量的语调问道：“怎么样？要么你坐上来，我带你过去算了。”

路痴警觉起来，大脑飞速旋转：你想得倒美！人生地不熟，本小姐怎么能轻易坐别人的车呢。你帅有什么了不起？本路痴可不是随便之人。

可似乎有个声音在耳边提示：繁华大街，一览无余，他在前你在后，有什么可担心的？人家热心帮忙你还怀疑，真是好心当成驴肝肺，要相信雷锋叔叔还是有的。于是急忙道谢，侧身坐在他的车后座上。

车子迅速启动。身子斜坐在后面就感觉发飘，心里惶恐，可手却不知抓往何处才能安稳。帅哥在前大声道：“抓住我肩膀，坐稳了！”

也罢！既已上了你的贼船，扶你一把又有何妨？哼！安全第一。于是咬咬牙，屏住呼吸，伸右手扶住他的右侧肩头。

也就三两分钟，车子停下。他大声说：“到了！下来吧，就这儿！”又回过头问我，“美女，你是东北来的吧？”

顺着他指点的方向望去，只见眼前雕梁画栋，庄严静雅，檐牙高啄，钩心斗角，高高的牌坊门矗立眼前，上书三个大字——古秦淮。

呵！我真的来到秦淮河畔了！想那十里秦淮碧水潺潺，烟雨楼阁，渔歌唱晚。这里曾演绎过壮怀激烈的千古传说，更留无数风花雪月、美艳凄绝的风流韵事给后人传唱至今。而今天本小姐来此，竟由一位帅哥引领，无意中也沾染了古秦淮的风情，不免暗自叫绝。

心中得意，却故作严肃，边道谢边随口问道：“见过这么打扮的美女吗？”

“哈哈，其实底子还蛮不错的，如果用心打扮打扮，还算凑合，不至于影响市容。”他一脸坏笑地说。

“哎呀呀，这么说本人的形象有损你们南京市容了？无心之举，真是对不起了。不过，这位公子，小女子也没见您有潘安之貌啊？还有，我想知道，你怎么知道我是东北来的？”

他大笑起来，然后一本正经地说：“你一张嘴我就听出来东北味儿了。”

“真的吗？我还以为自己普通话很标准呢。你还真没猜错，本人还真是那个东北‘大城市’铁岭的。”

“呵！幸会。”说着，他把手伸了过来，我也急忙伸手道谢：“实在太谢谢你了。”一双陌生的手握在了一起，诚恳地点头微笑。

可握着的手刚一松开，摩托车嗡的一声就窜了出去。他头也不回，大声甩出一句：“再见！祝你玩得愉快！”

手上余温尚存，背影却已渐远。笑容写在脸上，温暖铺满心头。

秦淮河畔，一次美丽的邂逅……

夫子庙旁　仁心快餐店

夫子庙逛完，已经快下午五点了，感觉甚是疲乏，想找个地方休息一会儿，见对面路边快餐店顾客盈门，便有意进去边吃边休息。

刚要进门，无意中被门口景致吸引。浓密的树荫下，两个老人坐在马扎上闲聊，还有个卖桑葚的货郎坐在旁边，他担子里的桑葚已经所剩无几，归拢成一小堆。边上有个弯曲的大个儿桑葚形影相吊，乍一看，猛然想起了春季杨树上的一种紫红色的大虫子，不禁心里发怵，又多看几眼。货郎见状，开始兜售他的桑葚。看着那黑紫色发着亮光的新鲜尤物，真有心品尝一下它的美味，可惜无处清洗，只好作罢。

其实，来到南京已经有所发现，繁华的闹市区，人行道或十字路口，挑担子的货郎和骑摩托车电动车拉客的人还真不少。他们坐在路边树荫下闲聊，见路人注视，就会主动搭话，但他们并不缠着路人，不理就作罢。那神态悠闲安详，甚至还带着慵懒，看不到其他城市街边商贩那种提心吊胆、偷偷摸摸的警觉神情。这一景象，和古都那种浑厚的年代感极为协调，似乎那些头戴毡帽，身穿对襟短褂，挑着担子，走街串巷摇晃着拨浪鼓的货郎，以及拉着洋车快步如飞的人力车夫，都穿过时空隧道向你走来，古秦淮那种原汁原味儿的市井生活，便在脑海里呈现了。

只是如今，古老的秦淮河换了一套新装在你眼前明媚，怀旧的情愫慢慢滋生。

走进快餐店，随着人流拿起餐盘，自选两菜一汤，一小碗米饭，找个角落坐下来。其实，人一疲乏根本没有食欲，但为了补充体力，只好坐在那里边慢悠悠咀嚼食物，边随意观察身边的食客。看着看着，就有个发现，见旁边一对中年男女只买了一碗饭、一菜一汤。片刻，两个碗就见了底，那男人一手端着一只碗，向靠里面的一个角落走去。

循着他走的方向望去，这才发现，那个角落处有一个大号的电饭锅，和一个大号的不锈钢饭盆，有人正从电饭锅里盛饭，还有人在饭盆里舀汤。于是明白，原来那是可以随便添加的饭和汤。你买了一份饭或汤，手里有了碗筷，然后就可以再去盛那里的食物了。

原来还真有免费的午餐啊，以前还真没遇到过这样的快餐店呢。想来，这对中年人应该是这里的常客了。

都说商人重利，无商不奸，而这次夫子庙边快餐店所见，不能不令人想起仁心善气的品德，这也带着所谓的礼义仁德、以义取利之类的儒商精神吧。

不禁慨叹：夫子庙前，仁义不减；六朝古都，王气尚存。

新街口外　为民好警察

逛街购物，是女人的天性，女人来到一座城市，商业街定不会错过。

出酒店到十字路口，又开始寻觅合适的问路人选，见一交警帅哥靠在护栏上休息，就上前询问附近商业街。交警说，你想逛商业街最好去新街口，那是全国百城万店无假货示范区，既现代又气派。从这里直走，也就半个小时的路程。

谢过警察，我开始寻觅出租车，就有几个摩的司机过来争先恐后地搭话。看他们过于热情，便担心被宰客，于是没有搭茬，继续寻觅正规车辆。这时，那位帅交警大声喊道："找车吗？你不想走着去我就帮你找辆车！要吗？"

我回头急忙答道："要，要，我走不动了。"

警察走过来说："那我帮你找辆摩的吧。这小车拐弯抹角快着呢，既便宜又不耽误工夫，你给十五元就行了。打辆出租车起步就八元呢。"我点头。他朝不远处坐在一辆旧电动车上的男人喊："景明，新街口。"

"哎，好！"那位三十来岁的男人满脸堆笑，应声骑车过来。警察又在他耳边说了几句什么，转身走开了。看着身材单薄的司机，我又故意问道："去新街口多少钱？"

摩的司机有些腼腆，笑着小声回答："不是说好了么，十五。"

看着他的神态，忽然对警察绕过其他人专门叫他，又小声交代什么感到神秘。于是暗自琢磨，警察是不是在揽活赚提成呢？如果那样，自己肯定被宰了。但又一想，警察找的人稳妥，这点是应该放心的。十五元钱，就算被宰又损失不了什么，只比起步价高了一点而已。于是抬腿斜坐车上，很自然地扶住摩的司机的肩头，摩的迅速启动了。

忽然想到，同是扶着陌生异性肩头，但此刻与在秦淮河畔时感觉却是迥异。看来，不是雇车而是人情，这是产生遐想的根源啊。

一路顺畅，到新街口能用十来分钟。这才感到，自己对警察的猜测有些不仗义了。下车付钱时问了句："那警察和你很熟吗？怎么偏偏给你揽活呢。"

司机有些尴尬地说："也刚认识。我下岗没事做，今天这才第二天出车。"

回想起刚才他的样子才明白，原来这是刚入行的摩的司机，怪不得不好意思上前主动揽活呢。看来，那位年轻交警是在用自己的能力帮助他呀。于是又对自己当初的想法深感自责……

那次独自的江南旅行，南京给我留下了最深的印象。那些古老的遗迹，那些现代的建筑，那些市井风情，那些金陵儿女，都从不同的侧面展示六朝古都的醇厚与大气，安静与祥和，友好与善良。

旅行，是生活富裕后的精神享受，既是休闲，又不乏冒险性，前方的不可知性包含极大的诱惑力，引得你前去探寻。而我，更喜欢一个人旅行的神秘感，独自旅行也给美丽邂逅平添了机遇，更能使你静下心来，亲自感受异域的风土人情，给记忆，留一个自己的后花园。就像三毛、庆山等人，她们那些一个人或浪漫或艰辛的旅行，一直令我神往。

美人美发

周日想约同学逛街，电话刚打过去，她就像抓到救星一样对我喊："快来陪陪我吧，臭美遭罪呢！"一听这话，就明白她是在烫头发呢。

说实话，如今女人做个头发，真的是既花钱又遭罪。就拿我们这样的中小城市来说，烫、染、焗一路下来，老大妈光临的路边小店也要过百，稍微上点档次的美发店，就要三五百、七八百，有的甚至上千元。而且烫头发一坐就是四五个小时，累得你腰酸背痛，还要一动不动忍受药水熏器材烤的折磨，那种滋味，简直上刑一样难以忍耐。所以最近几年，本人不再烫发了，头发随意梳理，主要是不想遭那个罪了。

可话又说回来，有时真的很羡慕那些新潮时尚的卷发，什么离子烫、螺旋烫、锡纸烫、纹理烫、数码烫等等，数不胜数，各具特色。

发型也宛如那流行时装一样吸引着你的眼球，鼓动着你跃跃欲试。因为拥有一头适合自己的迷人秀发，对彰显女性的气质尤为重要。那或简洁大方或精致雍容的发式，能很好地烘托女人的品位，合适场合的合适发式，更能让女人彰显个人魅力。

这样一说，又不排除自己哪天心情颇佳时，还会铤而走险，再赴汤蹈火一次的可能。这是女人被美丽诱惑的结果，无法预料。

女人对一头靓丽秀发的追求由来已久。往远处说，在中国古代，就有很多关于女子发式的诗句。如司马光《西江月》里的“宝髻松松挽就，铅华淡淡妆成”，欧阳修《南歌子》里的“凤髻金泥带，龙纹玉掌梳”，曹植《洛神赋》里的“云髻峨峨，修眉联娟。丹唇外朗，皓齿内鲜，明眸善睐，靥辅承权”……诗人都因女子发式的美妙精致而尤怜其人，还有“当窗理云鬓，对镜贴花黄”，更是人尽皆知。可见，女人对头发的打理是挺重要的。

二十世纪末，李春波的歌曲《小芳》曾经流行一时，歌里唱道：“村里有个姑娘叫小芳，长得好看又善良，一双美丽的大眼睛，辫子粗又长……”这里只一句“一双美丽的大眼睛，辫子粗又长”，就把这个善良美丽的女孩儿活灵活现地展现在听众面前了，同时，也让人了解到这个故事发生的年代。因为，不同时代有不同的流行发式，发型可谓是一个时代的象征。这就可见发式的意义有多么重大了。

可最近听业内人士说，其实我们普通人做头发，根本用不着那么长时间，那是美发店为了高收费，才在各个环节上把简单程序搞得复杂化了。

理发师在客人面前展示手艺和技巧，为的是拖延时间。不是说时间就是金钱，技术就是生产力么，你在人家装修豪华温度适宜的室内正襟危坐，看着人家洗头工、理发师、学徒工用那么长时间在你的头发上做文章，洗、剪、卷、烫、吹、染、拉、按摩，再洗、再吹、再修剪，不厌其烦、柔声细语地耐心服务，你就会晕晕乎乎腾云驾雾般感觉自己高端大气上档次了，所以，你才会心甘情愿掏腰包。而且在自身体验到辛苦的同时，似乎也感到了对方的不易，于是，你还会掏心掏肺无限真诚地说一声："辛苦各位，谢谢了啊！"

就拿剪刘海来说，熟练的理发师左右各梳理一梳子，两剪子就能完活儿。可他偏要给你用一个卡子卡住，还要分出多个层次来。只见他一层一层，一小绺一小绺，甚至几根几根地给你修剪，然后再左右观察，前后对照，上下端详，再修再剪。这样一来，就让你看到了理发师灵巧的手法、精湛的技艺、耐心的服务、认真的态度，你也就觉得这钱花得值了。人家也同样达到了目的，双方各得其所。

记得小时候，也就是二十世纪七十年代。当时女人中除了一些奶奶辈分的人梳着发髻外，母亲辈的人都是齐肩短发，耳后用两个大卡子一别，后面瞧都齐刷刷一个模样。小女孩儿就是两个羊角辫，年轻姑娘就梳两条或长或短的辫子，顶多心情好时候梳成四股辫、五股辫，或者扎个蝴蝶结，这就感到很用心打扮了。

到了八十年代初，港台影视剧引入大陆，荧幕上的男女发式就开始抢人眼球了。记忆最深的是“爆炸式”，曾经流行一时。当时的年轻人无论男女，都以爆炸式为美，走在大街小巷，你看到的年轻人大多是一头乱糟糟的卷发，看上去头大了一圈儿，现在想来，更像头顶一个鸟巢。

到了九十年代初，最流行的发式就是高刘海。你看那大街上，无论长脸短脸、大脸小脸，也无论高矮胖瘦，几乎讲究点外表，有点爱美之心的女人，刘海都吹得老高，还喷着发胶固定住，或左分，或右分，高高硬硬地耸立在大小不一、黑白不同的面庞之上，像个高傲的黑色大鹅头，比公鸡的冠子还要威风，被美名曰“挽妆”。

记得1990年秋，单位组织去北京旅游，要赶早上的火车。所以，头天下午，我们这些刚参加工作的女孩子都出去做头发，一个个都吹成高高的刘海准备进军北京城。虽然当时铁岭还没被称为“大城市”，但逛首都前打理打理头发也是理所当然的事，因为不能给家乡人丢面子么。

那天正赶上姐姐有事，让我帮她去幼儿园接孩子。送完小外甥从姐姐家回来时，想不到突然降雨，快到家了还是被淋成了落汤鸡，精心打理的挽妆被淋得面目全非，原本亮晶晶的发胶和着雨水黏糊糊地流下来，一大绺刘海贴在了额头上。没办法，到家只有痛心疾首地把那发胶洗掉了事。

当时我那个气呀，那个遗憾呀！恨不得把小外甥拎过来狠狠教训一顿解解气。因为在当年，晚上还没有开门营业的美发店，这就是说，明早上车前，我不能再做一次头发了。

次日，我可怜巴巴地看着同事们头顶那高傲的挽妆，羡慕得心里直痒痒。当时看着她们那个骄傲劲儿，真恨不得下车就来场大雨，把她们也都浇成落汤鸡，这样大家都一个样，头顶软趴趴的头发一起逛京城了。

可到了北京才发现，梳如此高高挺立刘海的人已经很少了，这里发式多样，也更加自然随意，即便还能看到发式接近挽妆的，也不再用发胶固定成高高耸立的鹅头了。看来，大城市已经不再流行这一发式了。我身边这些精心打扮的同事们，反倒成为路人瞩目的焦点，被看得面红耳赤。

而我，却有了因祸得福的快感，开始用戏谑的眼光对着她们讪笑，那种得意劲儿，简直令她们气急败坏。回到宾馆，几个人第一件事便是洗头发，从此，挽妆时代宣告结束。

记忆中，高刘海流行后，便很少有统一发式了，像后来时兴的什么不等式、荷叶头、沙宣等等，都远远赶不上爆炸式和挽妆覆盖面之广。再以后，发型不但多样化，而且更具个性化了。

后来，又开始流行染发焗油，发色可以自由选择，一个人的头发，竟然可以焗染几样不同的色彩，大多数人是根据自己身材脸型，甚至是根据当天的衣着来设计适合自己的颜色和发式了。如果同一场合出现两个梳同一发式的人，都会有撞衫一样的尴尬感。

其实，在我们中国，女人发式自古就多种多样，大量出土的唐代女俑，发式就多达一百四十余种。唐朝出土的俑不仅有力量型，同时还有表现型的，男人在展示着自己的力量，女人在展示着自己的美丽。看来，那时的人们就已经很注重仪表了。

时代在飞速发展，发型也在不断更新，如今，无论服装还是发式，都在追求多元化、个性美。走在大街上，女孩子的衣着发式各具特色，光鲜亮丽，美不胜收，形成一道道亮丽的风景。

爱美之心人皆有之，追求美更是女人的天性。女人拥有一头适合自己的秀发，更可在一低头的温柔里，彰显出水莲花般不胜凉风的娇羞，彰显出女性柔美靓丽的风韵。

美人美发，美在当下。

暖暖的人情味儿

午夜，一个骑单车的女孩儿和同学们分手，拐进漆黑的胡同回家。路口卖夜宵的老人很自然地把向下照明的灯伞转动一下，照亮了女孩儿回家的路，并自语道："都回来喽，都回来喽……"女孩儿会心地一笑："谢谢大爷！"

这是前几年中国平安的一则广告，它场景简单，制作成本低廉，但收到的效果却远远超过那些花费巨资，邀请大牌明星参与的所谓大制作。因其带有浓郁的人情味，所以看着亲切温暖，至今难以忘怀。

虽然画面中老者的衣着有点不合时宜，有点像二十世纪五六十年代的便装，女孩儿称他"大爷"也感觉不妥，看外表称爷爷更合适，但是瑕不掩瑜，老人那一脸的和善，以及那转动灯伞的小小动作，深深触动了我们心底最柔软的那根弦。

生活中，这种细微之处所表现出的暖暖人情味最能打动人心，它闪烁着人性的光辉，给人留下的温暖更加久远。这些小处的温情弥足珍贵，点亮了人们心里那淳朴、善良、友爱、互助的明灯。

如今城市里高楼林立，棚户区已经难以找到，但我们却总是对平房区或大杂院的生活念念不忘，见到以前的老邻居总是那么亲切，大家只要相视一笑，就能打破多年不见的隔阂。我想，这就因为当初那种各家各户开门过日子的生活情景，仍然珍藏在我们的记忆深处，那种浓浓的人情味，带着最初的感动，植根在了我们日渐麻木甚至冷酷的心底。

那时的我们可以经常见面，邻里间彼此都很了解，相处从没有戒备心理，甚至谁家上顿吃了什么饭，谁家孩子哪里长个疖子，谁家老人哪天掉了个牙齿都互相了如指掌。邻里间互通有无，不经意间就相互帮助，渐渐地拉近了距离，焐热了心坎，产生了亲情。

真怀念当年的生活呀。那时候，一个大院就像一个大家庭一样，无论谁家的孩子淘气了，长辈看见了都可以管教，甚至给两巴掌踢上一脚都无所谓，孩子不会反驳，家长更会感激。那时，孩子没有零花钱买东西吃，谁家大人偶尔有事，饭时回不了家，根本不用担心饿着孩子，谁家开饭了都会带上一份儿，不是送过来就是喊过去一起吃。

我家邻居王叔经常出差，王婶就把钥匙往我家一丢，转身就回娘家陪父母去了，根本不用担心有伏天关窗关门室内发霉，或者冬天水管冻裂的事情发生。

那时候没有出租车，更没私家车，一天夜里下大雪，邻居丁爷爷半夜胆结石发作疼得不行，他患小儿麻痹症的儿子在院子里吆喝一声，邻居就都过来查看病情。几个壮年男人二话不说，顶着大雪轮换着背丁爷爷去医院，那种急迫，就像背着自家的老人去治病一样。

这种生活情景，早已融入我们的骨血里，印刻在灵魂深处，时光再久远，也抹不去当时清贫却暖心的记忆。

可如今，高楼大厦鳞次栉比，钢筋水泥阻挡了人们的视线，也阻隔了人们情感的交流。人们各自忙忙碌碌，人情味儿越来越淡薄，有的邻里间形同陌路。

我家搬进新小区四年了，和对门的男主人碰见时礼貌地打过几次招呼，女主人回来很晚，竟还没见过正脸，更别说打交道了。

其实，刚搬进来时，我们夫妻真有几次想敲开那道紧锁着的防盗门，过去拜访一下的，但一直犹犹豫豫，就是没能跨过那两米长的距离。渐渐地，这种主动接触的心理也越来越淡了。现代化的公寓楼，邻里间很多都是这样不冷不热，过着毫不相干的日子。

现如今，第一代独生子女已经独立成家，第二代独生子女也已经到了学龄，这样一代人的亲属越来越少，已经削弱了大家庭的氛围，亲情也自然走向淡薄。这种时候，更需要浓郁的人情味来纯洁我们的灵魂，更应呼唤那种“远亲不如近邻”的情感的回归。那种真挚的情感能温暖人心，感动你我，形成一个良好的社会氛围。

学者刘墉说：“人情味不是偏私，而是博爱；不是施舍，而是关怀；不是表面的礼貌，而是内心的尊重。人情味是‘人类’互助的一种表现，使你觉得作为一个‘人’的可贵，并亲爱每一个‘人’。人情味让你觉得那不是表面的‘情’状，而是身后的‘情’怀。”

剪不断，理还乱

早已过了为赋新词强说愁的年龄，可有时仍然很善感，好好的就会情绪低落，为那些必须要戴上面具去应对的人或事，也为一些抹不去的记忆。

我是极少做梦的，可昨晚却梦到了他。梦里的情形轻松愉悦，可走出梦境的刹那，伤感便汹涌而来，仍然紧闭的双眼，便有咸涩的液体溢出。

梦里，他穿了一身没带肩章的军装。那是前些年见面时他偶尔的装束，一看就知道是没来得及回家换便装，从部队直接过来的，只暂时把肩章摘下了。不知是因为戴着军衔出入酒店不方便，还是军纪有要求。

那时，同学们就会半开玩笑地招呼他，说政委大忙人驾到。他便展示出那招牌式的见面礼：招手，点头，无声露齿大笑。有时会忽然严肃起来，大声来上一句：“同学们好！”大家就紧跟一句：“首长好！”高兴了他会继续表演：“同学们辛苦了！”大家也配合他齐声应和：“为人民服务！”然后是一阵哄堂大笑，几个男生拉拉扯扯，还会给他来几拳。

只是可惜啊，这样的情形，再也不会出现了。他突发急病，令他家人无法承受，所有辗转治疗和后事安排，几乎都由同学操办。他走的那几天，前后竟有三十几个同学前来吊唁，这是毕业后同学人数聚得最多的一次。但可悲的是，也是从这一刻起，这个集体的成员再也聚不全了。

多情自古伤离别，更那堪冷落清秋节。他走时，正值去年中秋节后，那寒蝉凄切骤雨初歇的最后一夜，二十几位男女同学围坐在一起，大家感慨万千，曾几度哽咽冷场。次日，我没有去送他最后一程，我不敢再置身那令人心碎的场景之中。后来听说，所有去为他送行的同学都哭成了泪人。男儿有泪不轻弹，只因未到伤心处，那天，很多男同学在最后一别时都放声恸哭。英年早逝，他是我们同学中走得最早的一个呀。

在这种时候，人们最容易感叹人世浮华，荣辱无常，生命脆弱。在这个世界上，无论你有多少钱、多少权、多少荣耀、多少才情，甚至你犯过多大错误，有过多少遗憾，体验了多少痛苦，当你撒手人寰时，一切的一切，也都随之烟消云散了。

从表面上看，人来到这个世界上是笑着来哭着去的，但那是身边的人的心态。也许一个人的灵魂和我们见到的正相反：他会为来到这个喧闹、虚伪、自私、充满心术甚至尔虞我诈的世界而懊恼，新生儿落地的一声大哭，抑或就是对这个世界的哀怨与悲鸣呢，因为从此以后，他就要按照人情世故的标准来做人了；而我们看到的，人走的时候身边人一片哭声，逝者却那么平静安详，也许那正是因为，他的灵魂又回归了原始，他为能回到那个纯净世界而感到解脱了吧。

记得在一次十来个人参加的小型同学聚会上，滴酒不沾的我，挨到酒席散去想要回家时，却被同学们硬拉上车去唱歌。到了客厅包间，自己先找个僻静的角落坐下来，其他人很快进入状态。有人过来拉我唱歌，我以不会唱婉拒了。又有人过来拉我走进舞池，不好推脱，只能敷衍着一曲结束，又马上溜回角落。

身处如此喧闹的娱乐场所，我总感觉自己与环境格格不入，五彩灯光闪烁，悠扬歌声悦耳，我也看着他们微笑，内心却越发寂寞孤独。正如朱自清的那句话：快乐是他们的，我什么都没有。

这时，他走过来邀我跳舞，我说还不如坐一会儿好呢，他就坐下和我说话。但如此喧嚣的处所，根本无法交谈，他又拉我去跳舞。我推拒，他起身就走，但他刚迈开两步就又反身怒视我，连珠炮似的向我开火：“你怎么还这样？你以为你还是二十年前的清纯少女吗？你装得累不累？我们的孩子都赶上我们当年那么大了！现在生活都好了，同学之间无拘无束玩玩乐乐有什么不可以？你就装吧，我看你是想唱不敢唱，想跳不敢跳，说句难听的话，你就是想爱你都不敢爱！你说你这辈子活得累不累？！”

天哪，在众人面前他直戳我的软肋，一语揭穿我的层层伪装。我借着变幻的灯光极力掩饰自己的惶恐与无助，暗自调节自己的情绪，没有让盈盈泪水滑落下来。

三年同窗，二十几年的朋友，除了这样的人，谁还能如此一针见血地指出你的虚伪呢！

如果说二十年前的矜持，是没有被尘埃染指的本真，那现如今的扭捏，就称得上是表里不一的做作了。我们都是社会人和自然人的复合体，都存在两面性，存在着真与伪、正与邪、美与丑、善与恶的截然不同的表象和心理，大多数人只是常常压抑了一面，而把另一面尽量展示得更加完美罢了。

我承认，自己就一直是这样的。有时感到寂寞却不愿主动与人交流；总想背起行囊独自去旅行，独自去感受新奇与陌生，但却从没自己迈出过一步；和身边人相处融洽，内心更愿意与人深交，但却总怀有一种不安感，所以又遏制了进一步了解的欲望，更不愿轻易敞开内心。很像在哪本书上看到过的一句话："该死的，可恶的，我对一般人没有欲望，我是挑剔的，只不过装出不挑剔的样子罢了。"

他曾任团政委，后来转业地方，任一个重要部门的副局长。在与他人相处时，他肯定也不会像在同学中这样随意甚至偶尔顽皮，可和同学们在一起时，他又找回了青春时的自由、随性、洒脱甚至不羁。而我呢，虽然常常会被如此这般雄辩的人说得频频点头，也会心服口服地认同别人的观点，但就是迈不出那一步，仍然坚守着道貌岸然的形象，无法改变地任由既成的一面主导自己的一切。

其时，我的内心也不是很排斥娱乐场所的，但不知为什么，它于我就仿佛儿时玩过的万花筒，我只能怀揣着一颗无比好奇的心，去欣赏那近在咫尺的美景，但却怎么也无法融入那个美丽虚幻的世界之中。

他走了，我的高中同学。对我来说，这是我和他最深刻的一次交流，也许，过后他都不记得这事了，但他的话，却深深印在了我的脑海里。

如今，在这样一个平常得不能再平常的夜晚，他又鲜活地走入我的梦境，我又想起了他的话，也想起了和他一样的那些熟悉的身影，想起那一张张青涩、稚嫩、青春洋溢的笑脸。而一些惆怅，就是以那些记忆中最纯洁的基调为背景而延伸开来的不良情绪。

天堂应该是一片净土吧。我不知道人去了天堂，是不是就不再需要伪装；去那个世界，是不是以短暂的伤痛，换取了永恒的释然与心灵的宁静。

他走了。他再也不会有我们同龄人的烦恼；也不会在一个幽静的夜晚，被一个梦唤醒，内心便泛起无边的苍凉；更不会在莫名的情绪中辗转反侧。

前些天，惊闻一位多年失去联系的女同学早已出家。无解，无奈，无语……

成人世界，也仿佛一座围城，年少者想冲进来，成年人想走出去。

真想找一片清净之地啊！或者，让我穿过时光隧道，重返童年……

梨花三日落亦洁

“人间四月芳菲尽，山寺桃花始盛开。”四月平地花落，这说的是南方；东北的桃花，却真是在四月才开始妩媚的，踏春也成为北方人四月里的韵事。而要看那漫天飞雪的梨花，还要等到四月末甚至五月初了。

四月末，在辽北文人笔下熠熠生辉的象牙山，经过一个冬季的蛰伏后，已是漫山新绿，遍野春情了。位于象牙山北坡的石洞沟，此刻已杨柳依依，松香习习，芳草葱绿，野花遍地。

石洞沟有别于象牙山正面的雄伟，此地山势低缓，小路逶迤，各种奇形怪状的石头遍布沟的两旁。从不同的角度观看，你会发现酷似金猴望月、海豚出水、道士下山、青蛙上岸的造型，各个活灵活现，生动逼真。这些象形石给石洞沟平添一份古老与神秘的气息。这里，仿佛象牙山的一个后花园，它不与群峰争风，不与瀑布比美，安然静谧地待在象牙山的一隅。

石洞沟因盛产安国梨而著名，梨花开放时节，漫山遍野的梨树花团锦簇，宛如雪挂枝头。这里蝶追蜂嬉，风情万种，引得无数游人斗折蛇行前来踏青赏花。近年来，这里已成为辽北暮春时节一道亮丽的风景线。

据说，梨花的真正花期只有三天，断断续续也持续不过一周时间。为一睹梨花仙子的风采，今年的4月29日，梨花正怒放之时，我有幸与一群作家和摄影师一道踏上这一灵山丽水，探春赏花，自己也似乎变得斯文而多情起来。

沐浴在和煦的阳光下，轻踏茵茵绿草，仰望悠悠白云，碧空若洗，内心如镜。当暗香袭来的“雪”展现在眼前时，你再不会为错过桃花的娇艳而惋惜，也再不会为樱花的凋落而感叹。那漫山雪白带来的典雅与圣洁，顷刻间便荡涤去氤氲在内心的雾霾，令你心情愉悦，四肢舒展。

你看那扑面而来的白衣仙子，安静中含几分高雅，静谧中带几分俏丽，一串串，一片片，稠密而整齐，怎么也找不到白居易“玉容寂寞泪阑干，梨花一枝春带雨”的没落，更没有纳兰“一别如斯，落尽梨花月又西”的凄婉。也许是经历不同，联想才会有如此悬殊的差别吧。

此刻，置身漫山梨花的石洞沟，你可以听小溪潺潺，闻花香缱绻，看草木葱茏，沐阳光灿烂。这里，虽不见风吹草低见牛羊的辽阔，但千树万树梨花开的悦目，也会给你带来嫁与春风不用媒的激情。这时的你，只想坐在洁白的世界里，与土地亲吻，与山水对话，用心灵感悟自然，让圣洁淘洗铅华，静静地聆听灵魂深处的回声。

人在城市待久了，似乎变得麻木而慵懒。而当你走进自然的怀抱，放眼阡陌，亲近山水，那关不住的春色定会撩拨得你神清气爽，脚步轻盈。

文章是案间的山水，山水乃地上的文章。阅读山水，会让人变得心胸开阔，世间所有繁缛，不过是庸人自扰的芜杂。人间大智，竟为看山是山看水是水的简单明了。

今年，就在这梨花盛开时节，诗人汪国真飘然仙逝了。虽然人们对他的诗歌褒贬不一，但当今又有哪个诗人能做到引领几代人精神世界的高度？我不知道如果那不是诗，还能称作什么。我只知道，在无数人心中，汪国真是当代无可超越的一座丰碑，“既然选择了远方，便只能风雨兼程”“要输就输给追求，要嫁就嫁给幸福”如同“举头望明月，低头思故乡”“遥知不是雪，为有暗香来”等千古绝唱一样，简洁有力，为大众传颂。我也相信：先生的遗墨，仍会引领无数人走进诗歌的殿堂；他的人格魅力，仍会被无数人顶礼膜拜。

先生选择梨花怒放时节归去瑶台，也许冥冥中就是一种暗示。他的离去，没有花落的凄婉，只留下人格的高洁。他用清绝的转身，带给诗歌界一次自我审视：诗歌，到底是无病呻吟的呓语，还是启迪灵魂的咏叹！他留给这个世界的精神，永远是明媚而高贵。

暗香浮动，清风习习，置身漫山飞雪的花树中仰望，蓝天上有云浮动，此刻的先生，是否就站在那朵白云上俯瞰尘世，然后淡然一笑，衣袂飘飘地归去了呢……

关门山赏秋色　绿石谷览春情

中秋一过，秋意便更浓了。大地褪去绿装，静悄悄地就已黄袍加身。硕硕秋实，此刻彰显出土地的尊贵与大气；灵山秀水不甘示弱，也开始搔首弄姿了。

你看那青山换上缤纷华裳，尽显俊雅挺拔，气宇轩昂；秀水碧波荡漾，展现出妖娆的身姿。山水相绕，刚劲与灵秀相携，此刻的凡间，不知能否与天国媲美。

孔子曰："仁者乐山，智者乐水。"我们常人虽达不到智者仁人之境界，但在这金秋之际，赏红枫游绿水也是一大乐事。

国庆长假，约上三五挚友，开上私家座驾，开启山水之旅，怎不逍遥惬意。

山城本溪，自然资源丰富，天然旅游景点繁多，素有"东北小黄山"之美誉的关门山，就是秋季旅游的最佳去处。这里植被保存完好，古树名木众多，其独特的地质结构、丰富的森林资源以及特殊的气候条件，造就了山水的秀美与神奇；汤沟风景区的绿石谷，因谷中青苔碧绿，大小瀑布众多闻名遐迩。这两处景点均已列为国家森林公园。

关门山的枫是北方少有之美景，“关山归来不看枫”便是对它的最高赏评。

十月的关门山层峦叠嶂，层林尽染，在高远的蓝天白云的映衬下，那漫山遍野的植被把此处点染得山河锦绣。你看那黄的剔透，红的耀眼，褐的沉稳，绿的深邃，所有的一切，都在彰显秋的热烈与丰硕。游人点点，更增添了山水之神韵，正所谓看风景之人也成为别人眼中的风景了。

人与自然的完美融合，能够更多地彰显风景的灵性与生机。

关门山生态大峡谷景区，森林覆盖率达百分之九十五以上，这里的树木品种繁多，姿态各异，色彩迥异。大峡谷的空气中负离子含量极高，行走在这天然大号氧吧里，人耳聪眼亮，神清气爽，毫无倦意，生活中那些剪不断理还乱的情愫，自自然然地被抛到九霄云外。什么事业与爱情，什么成功与失败，什么命运与奋斗，什么坚持与放弃，一切的一切，统统被这山水之透彻点化成微不足道的偏执，红尘俗事的所有淤积，都会在这天地之大美面前被释怀。这也正是山的仁爱之处吧，那种厚重与博大，不经意间便点拨了每一位登山者迷茫的心绪。

山无水而失灵秀，水无山而缺硬朗。关门山的水更是碧绿非凡，熠熠生辉。“水光潋滟晴方好，山色空蒙雨亦奇。欲把西湖比西子，淡妆浓抹总相宜。”苏轼这首吟咏西湖美景的诗句，同样也适用于描述关门山之秀水。

你看那各色的叶子飘摇生姿，落到你身上，滑过你脸颊，却不会带来一点肃杀的氛围，你只会感到那是一种美，一种亲昵，一种生命附着地气的踏实。

人只有走进自然，才能真正体验到那种“不以物喜，不以己悲”的豁达心境。满目的隽永的自然之物，能让人忘记一切俗世的纷扰，在大自然的怀抱里徜徉，犹如梦回童年般惬意，婴儿时的稚气，孩提时的纯真，少年时的顽皮，全都通过时光隧道重新回到你的身边，那些令人魂牵梦绕的、天真无邪、自由自在的旧时光又出现在眼前。

当夕阳西下时，山峦又华丽地镶嵌上一层金边，更显现出雍容与富贵。然而，晚霞的出现，也预示着夜色即将来临。

收住贪婪的脚步吧，惜别关门山，驱车前往绿石谷森林公园。

夜幕降临，气温便也骤降。昼夜温差大，这是山区气候的显著特征，所以，去山区旅游，衣物必须多带几件。

枫雅居位于汤沟风景区绿石谷外，傍晚来临，外面山风习习，室内火炕暖暖，一进门就有家的感觉。我们一行人决定夜宿枫雅居。

大家围坐在枫雅居火炕上的小圆桌周围，喝着山泉水泡的绿茶，吃着农家小吃，品着野味山菜，尝着山珍野果，一种原始的回归感便悄然爬上心头。

披衣踱出门廊，举目四望，一弯残月藏匿于树荫深处，若隐若现，那淡淡的清辉映出远山的轮廓、近树的倩影。细听，偶有清脆的蛙声从山谷中传来，更增添了四野的幽静与空灵。王维 “月出惊山鸟，时鸣山涧中”之诗句的低吟仿佛响在耳畔。

当东方破晓，山头上便萦绕着蔼蔼雾气，昨夜的轻霜也变成露珠，晶莹剔透地洒落在树叶上、草丛里、车窗上。空气润泽清凉。

时钟慢慢跳动，天光渐渐扩展。待到霞光漫天时，只见淡淡的雾霭使满山枫红柳绿与霞光连为一体，那种天地融合的自然之大美，令人叹为观止。

绿石谷，因石头上长满碧绿的苔藓而得名。这里两山夹一深谷，溪水川流不息，峰回路转，由于地势参差不齐，水流也急缓不一，水势或大或小的落差，便造成了众多大小不一的瀑布和一汪汪碧绿的水潭等奇特景观。

你看那澄澈的溪水轻流直下，撞击到前方的绿石，飞花四溅，形成大珠小珠落玉盘之状。再看那石缝间一撮撮茂盛的青草，被清凌凌的溪水洗涤得晶莹剔透，伴随溪流摇曳生姿，轻歌曼舞，更显谷中清幽典雅之灵气。俯身下瞧，那掺杂着红黄落叶的溪水轻柔漫过碧绿的苔藓，缓缓流淌，好似铺展开的绸缎般明丽柔美。抬头仰望，两侧山体植被繁茂，枫红柳绿，明丽的阳光穿过茂密的植被洒下一帘幽梦，令你产生一种穿越时空般迷离轻飘的快感。

置身绿石谷，宛若亲见柳宗元笔下的小石潭："斗折蛇行，明灭可见。其岸势犬牙差互，不可知其源。"

绿石谷的石头几乎都没有棱角，虽然体型巨大，但带着厚厚的绿绒安稳地横卧在清流之中，被那奔涌不息的水流冲刷得圆润柔和。这里，似乎每一块石头都吸取了日月之精华、天地之灵气，铭刻着岁月的沧桑，蕴藏着天地人文之宝藏。这些石头，宛若智者那饱满的额头，装载着无尽的锦囊与智慧，承载着众多的故事传说。

绿石谷还有一个显著特点，就是谷中小桥繁多，而且各具特色。你看那直木桥、之字形木桥、石桥、吊桥、索桥、拱桥，比比皆是，这些形态各异的人文建筑，更增添了深谷曲径通幽的神韵。

站在五女峰下抬头仰望，古松耸立，遒劲生姿。谷中石质棋盘、琴台静卧于溪水岸边，天然与人为互相配合，简直让人失去辨别。深谷上下景色和谐，自然与人文相得益彰，让人不禁猜想，这幽谷中会有多少神话传说？曾有多少文人雅士来此怡情小住呢？

这绿石谷不只因山水之秀美独特吸引八方来客，更是因为有如此文化内涵，才得以闻名遐迩的吧。

我们常说绿色是生命之色，绿石谷有绿的古树、绿的灌木、绿的河水，连石头都进行了一场绿色革命，怎能不令人联想到春的萌动与生命之树的常青呢？

绿色是生命的根基，红色是人生的希望。金秋十月，面对枫红染山冈，藓绿卧溪旁的原始自然生态画卷，怎一个“心旷神怡”能表达此刻的心境呀……

清代画家石涛在《石涛画语录》中说：“山之得体也以位……山之变幻也以化……汪洋广泽也以德，卑下循礼也以义，潮汐不息也以道，决行激跃也以勇。”山有情，水有意，山水仿佛才是世间的智者。文章是案间的山水，山水便是地上的文章！

无论仁者还是智者，抑或我等凡夫俗子，置身自然，登高望远，临水而思，阅读这广博的山水文章，都能怡情宜兴，陶冶情操。内心平静、处世豁达、见贤思齐、与人为善，等等，就该是人置身山水亲近自然后，领悟出的做人之道吧。

关门山赏秋色，绿石谷觅春情，这个十月，此行不虚。

走过老屋

老屋，多少都带有年轮感、沧桑感，但又总是那么亲切，有着烙印般的美感。记忆中的老屋，永远不会淹没在时间的灰尘中……

——题记

晚饭后，坐在沙发上看电视，儿子凑过来躺在身边，我们有一搭没一搭地闲聊。忽然，儿子很认真地说："妈，咱家老楼的单元门换了。"

"你怎么知道的？"我疑惑地问。

"周日和同学出去玩，路过咱家原来小区，我就拐进去，到咱家楼下看了看。"

真是出乎我的意料，平时看似嘻嘻哈哈，什么事都不放在心上的男孩子，竟然会对自己住过的老屋如此眷恋，我眼前便出现一个大男孩站在一幢旧楼下抬头仰望三楼一扇窗口的画面……

其实，那已不再是自己的房子了，几年前我们搬进新居就把它卖掉了。可是，每每从那附近经过 ，我也总是习惯地抬头，朝那扇在路边就能看到的阳台窗口张望，每次看到那熟悉的窗口，心里便会泛起温暖。

那是一套五十六平方米的老式楼房，有门厅、卫生间、厨房、阳台、两间卧室，十六平方米的大卧室里摆放着沙发茶几，就兼做客厅。我们曾在那里住了十六年。

十六年有太多的事情发生，儿子在那里出生，两口之家变成三口核心家庭，夫妻从青年迈进不惑，物质上从开始的“月光”渐渐趋向小康。那里装载了我们太多的回忆。平淡生活中，琐碎日子里，虽然也会有小小的赌气、不愉快，但更多的是甜蜜与温馨，柔情和关爱无处不在，欢声笑语常常塞满整个空间。

由于老楼房没有正规物业管理，小区内没有路灯，所以，每当天黑了，只要有一人没到家，家里人就会把阳台的灯打开，给阳台下的楼口送去一点光亮，也让回家的人远远就能看到那扇再熟悉不过的窗口，知道家人在等待自己的归来。

离开老楼后，一些老邻居见面都像亲人一样，他打听下你家的孩子，你问问他家的老人，那么知根知底，那么贴心贴肺。邻里间那种浓郁的人情味儿，在如今的新小区里很难再找到了。

看着身边的儿子，我笑着说："我还以为你喜新厌旧，早把那老房子忘了呢。"

"妈你说什么呢？我可是在那里出生的，我这十几年的历史多数写在那里了，怎么会把那里忘了呢！我那无忧无虑一去不复返的时光啊，都留在那里喽。不过你放心，等以后你儿子成名人了，那楼就是名人故居，到时候会被列为国家重点文物保护起来的。"

我笑着给他一巴掌，算是对他贫嘴的惩罚，又感慨地说："那房子和现在的比是老了点，但你不知道啊，我和你爸还住过平房呢。"

"知道！七八岁的时候，我爸带我去看过那平房，他说你俩在那里住了一年。其实，我也算住过的，就是还在你肚子里，我爸说咱搬进原来的楼里半年，我就出生了。"

这又是一个意外，没想到老公会带孩子去看那结婚时租来的平房。

那是一个住着六七户人家的大院，我们租住靠东面的一间半，也就三十多平方米。

我总感觉，结婚时没有自己的房子是一件很寒酸的事。也许是刚结婚时家庭观念淡，我总是把那里当成暂住地，根本不把它看成家，和邻居也从不交往，更不爱主动说话。老公出差或者值班，我就回娘家去住。平时谈话提到家时，也不爱说“家”字，总是以地名代替。

可是，老公却总是爱谈起那里，张嘴闭嘴就是“家”，等有了自己的房子时，他还经常谈起那里的人和事，有时还去看看那所房子。记得前些年，听说那里要拆迁，他还带着我特意到那里转了转呢。只可惜去晚了，看到的是一片废墟。

他说，那里对我们最重要了，那是我们两个独立的人组成一个家庭的起点。“不管房子的主人是自己还是别人，也不管房间宽敞明亮还是狭小黑暗，只要有你在那里等我，那就是我的家。只要有你和儿子在身边，不管什么样的房子，那都是我在外面不论风光还是疲惫后，第一个想要去的地方。”

是呀，家，是最温暖的地方，是一个人的归宿。而一座城市，是一群人的家乡。

如今，城市在无限扩大，土地在无限升值，不止那些平房大院早已成为城市的历史，一些低矮的老式楼房，都被更高耸的建筑所代替。那些带着陈年旧味儿的东西越来越少，那些承载着记忆的实体渐渐变成了记忆的影像，老屋、古树的影子，已经很难在一些新近崛起的城市里觅到了。城市越来越繁华，越来越现代了，而那种历史的厚重感和人文的亲和力，却越来越清淡。

如今，我们的生活水平确确实实提高了，可是，有一得真的就有一失。一个亲属曾说，她带着七岁孩子去乡下，孩子见了炕却不知道那是什么，见了灶台下生火，竟感到很稀奇。

这是一个土生土长在东北的孩子呀，祖祖辈辈睡觉的土炕，到这一代人，竟然不知为何物了。有一个笑话说，家长给孩子讲司马光砸缸的故事，孩子问缸是什么东西。亲戚的故事与之如出一辙。这是我们想要的吗……

老屋，是一个人的念想；老城，那是一群人的记忆，是一个时代、一个时代走过的缩影。我常想，一个人爱房，就是恋家，念旧，就是重情，我为自己生命中两个最重要的男人如此重视家庭，感到幸福满满。

日子总是不经意间从指间滑落，我们的生活更加富足，我们的经历也日益丰富。也许再过些年，现在住的新居也会落伍，又变成了老屋而被淘汰，但我们总会记住住在这所房子里的一段岁月。我们知足着，感恩着，情和爱也是在这样一次次的拥有中厚重着，让回忆更加丰满。

人生的日历一页页翻过，总会有青丝变成白发的那天。当人生洗尽铅华归于平淡，当我们坐在摇椅上细数流年，当我们微闭双目倾听雨滴敲打梧桐的声音时，那些陈年旧事，就会顺着时光的隧道慢慢走来，悄悄地在你的记忆中鲜活。

到那时，如果我们能蹒跚着走进老宅，坐在老屋里重温光阴赐予我们的故事，讲给自己，讲给儿孙，那该是多么温馨的一刻啊！我想，那时的我们，心中定会溢满感动和珍惜……

走进老边沟

虽说自己是土生土长的东北人，但以往提起抗联，只是对杨靖宇、赵尚志、赵一曼等英雄人物的事迹略知一二。而当亲自走进本溪老边沟昔日抗联将士战斗过的山谷时，一种英雄感召力便扑面而来，已经沉睡的民族意识也不知不觉被唤醒了。

进入老边沟山门，便见一条狭长的山谷，两侧树木繁茂，从军事角度来讲，进可攻，退可守，实为要塞之地。那清澈的溪水、嵯峨的山石、种类繁多的树木，让你感受到原始的神秘与自然的质朴。沟里有灵动的小潭和绿茸茸的石头，沟的两侧，悬崖陡峭，山石嶙峋，景色宜人。

因为本溪还以“药都”闻名，所以行进中就有人开玩笑：“多留神，注意点脚下，说不定谁一脚下去，就踩到了千年老山参了呢！”

当年杨靖宇将军率领东北抗联选择此处做根据地，想必就是看上了有山有水有药材和野生动物等生存和掩护的必备条件吧。记得上午参观抗联陈列馆时，讲解员就说过，抗联将士曾凭借地利人和，以弱胜强，在周边打了两场重要战役，歼敌一百七十多人。

又向前走不多远，看到沟的阳面峭壁上，高高矗立一排人物雕像，上书“抗联英雄民族脊梁”八个大字。以前，只是见过依山势雕刻的圣贤塑像，而在这样的山谷里的近代军人像，还是第一次见到呢，肃然敬意便油然而生。

同行者争相与雕像合影留念，而我，却被雕像左上方延伸出去的一条小径吸引，独自拾级而上。

沿小径上攀二十几米，便见一相对平缓处卧着两块巨石，高两米左右，两石间构成一个夹缝，空间能容下两三个人，像个掩体。走近后发现巨石上刻有“哨所”字样。于是恍然大悟，原来这里曾经是抗联部队的前方岗哨呀！

哨所地势独特，居高临下，视野开阔，周围有茂密的树木做掩护，前可瞰沟底纵深情形，后可依松柏密林做掩护，还可抄捷径进入大山深处。

独自置身哨所前，电影里哨兵站岗的场景就成了眼前的蒙太奇：山口上立着消息树，鬼子一露面，哨兵马上按倒消息树报信，村民便带上行李、粮食，赶着鸡鸭鹅狗藏到地道里去。游击队员则各自寻找有利地势，向敌人开冷枪，还有的在路上埋地雷，不见鬼子不拉弦儿……这种带入感让你不自觉就产生一种哨兵意识，人也像豹子似的警觉起来，手扶白桦，屏声敛气，耳听八方，一双鹰眼左顾右盼，寻找每一个可疑目标。透过山林，隐约可见远处峭然屹立的山岩，犹如戴盔披甲的大将军，居高临下，横刀立马，傲视着山谷中的一切。

思绪游走间，忽然听见有低缓的歌声传来："我们都是神枪手，每一颗子弹消灭一个敌人；我们都是飞行军，哪怕那山高水又深……"寻着歌声望去，只见几个同行的男学员手里端着一截枯枝，做持枪状，弓着腰身，边唱边临深履薄地逡巡过来。

又有人高声唱和："在层层的密林里，到处都安排同志们的宿营地：在高高的山冈上，埋伏着我们的好兄弟……"

我们一行人还在标注着"抗联遗址"字样的石头上看到三棵顽强生长的小树。那看似干枯的树根从石缝里执拗地挤出来，斜卧着，表皮疙疙瘩瘩，遒劲沧桑，正努力使身躯向上生长着。这石头上长出的树木，在匠人眼里，也许不能算材料，但在骚人墨客心中，却成为一道风景，一个启人心智的生命奇观。就像弹尽粮绝的杨靖宇将军，孤身一人在大雪覆盖的原始森林里与敌人周旋，他那坚不可摧的意志和顽强的生命力，令敌人都心生敬畏。

著名作家张正隆在他的纪实文学《雪冷血热》中说，在人类反法西斯的历史中，再也找不到一支武装力量，像抗联那样，面对强大的敌人，在极端恶劣的自然环境中，全凭人的意志和不甘当亡国奴的中国心，与入侵之敌进行不屈不挠、艰苦卓绝、悲壮惨烈的斗争……

绵绵群山，是铭记中华儿女民族气节的历史丰碑！

潺潺流水，是镌刻抗联英雄舍生取义的不朽名册！

群山不倒，英名永存！

还是狗模狗样的好

写下标题我就笑了，因为知道，我要写的内容肯定会冲撞一些人，这其中就包括我的朋友，但我还是忍不住要把自己的想法敲打出来的冲动。

本人从小被狗吓过，至今还心有余悸，所以见到此物总是避而远之，即便狗狗萌得出众，也只能远观，不愿触碰。

可如今，市区内养狗的家庭与日俱增，什么丑的俊的、胖的瘦的、纯种杂毛、土鳖海派，都被宠爱有加。晚饭后出门散步，无论小区还是公园广场，到处都能看到养狗人士遛狗的身影。

只见那些被收拾得干干净净的小东西们，堂而皇之地走在人群中或草坪上，大模大样地与同类追逐嬉闹。主人以儿子或闺女的身份将它们介绍与人时，它们会很听话地向人类俯首摇尾，迎来对方的夸奖，也为主人挣得些许脸面。

可也经常会看到不雅的情景。就是那些所谓的儿女们，不分时间地点，在众目睽睽之下随地便溺。而此时主人的神态却那么自然，甚至面带喜色，似乎遛狗就是为处理这些粪便似的。见此情景，刚刚产生的一点好感总会消失殆尽，心里免不了揶揄一句：这孩子，太缺少家教！

以前总觉得青青草坪是那么干净，若能躺在上面与蓝天白云对话，或是坐在草地上来次野餐，该是一件多么惬意的事呀！可如今，让你在那绿莹莹的草地上走一走都得小心翼翼了，坐上去，请问谁还敢啊？那美好的遐想与诱惑，早已被这些宠物们搞得不知所踪了。

现如今，在户外公共场所看到猫啊狗啊已经不稀奇了，不喜欢你就绕着走么。可有时在商场或者公共交通工具上有人抱着宠物站在你身边，这就着实有点别扭了。最不舒服的一次是去一家饭店吃饭，在那里竟然还见到一位带狗的客人。那狗见人就扑，往腿上蹭，你被吓得直往后退，它的主人却大笑着说："看我儿子多乖！"

当时真是诧异，莫不是让众多客人与狗共进晚餐？这成何体统！可后来想啊，店主也应该是位爱狗人士，所以体会不到其他客人的感受吧。记得当时我只想赶快逃离此地，再也不想来这家饭店就餐了。

其实，谁爱养狗是自己私事，呼儿子唤闺女那是个人的自由，与其他人无关。也听说过不少义犬的故事，更是为之感动不已。狗是忠诚的代表，是人类的朋友。可终究人归人、狗归狗，公共场所让动物登堂入室，总有不是动物进化成了人类，就是人类退化成了动物的嫌疑。

贾平凹先生在一篇文章里说，听他的朋友讲，父亲去世后他越发觉得家里的狗像父亲，尤其是那狗嘴角一抽一抽的样子和走路的姿势，特像。贾先生还有一位和岳母一起生活多年的朋友，说老人去世后，这朋友就觉得家里的狗的眼神很像岳母，以后就把狗当岳母看待了。你看，狗的地位真是不断攀升，不单是儿女，如今都被视为爹妈了。

为了显示狗狗们的聪明可爱，很多主人给狗狗穿上人的衣服，还教它识字啦，做算术啦，走模特步啦，等等，恨不得狗狗比人还要大出风头。

可我记得贾先生那篇文章名字叫“不能让狗说人话”，先生在文章中说，狗在你身边了解你的一切行径，它并不是忠诚，而是扮成忠诚的模样接近你来窃取机密的。每个人都有天机，堂而皇之的人世间，有太多不可告知外界的秘密，不能公开，若狗说了人话，那就泄露了天机，所以上帝让它只能汪汪叫，不让它说出人话来。只有这样，狗才得以为狗，否则就没人养它了。

所以说，既已为狗，就不要学人那么聪明了，否则连主人都不要你了。

所以说，既已养狗，就让它老老实实做狗吧，否则你的天机就泄露了。

早前，说一个不怎么样的人打扮起来人模狗样的；现在生活好了，狗也被打扮得人模狗样了。以前说“狐朋狗友”是骂人，如今因狐因狗成为朋友的大有人在，甚至成为知己也不无可能。但要清楚，那终究是人与人因动物结下的缘，本质还是人和人的关系。

善待动物是应该的，可咱不能做得太过了，要清楚家养的宠物狗伤害自家人的事例屡见不鲜。爱狗应有度，否则狗狗们就有被宠坏的危险了。狗仗人势、狗嘴里吐不出象牙是大多数狗的共性，若狗狗们被宠得找不准自己的位置，就会变得不狗不人了。

所以说呀，宠爱你的狗狗，还是让它狗模狗样最好。

乡情篇

儿时的月光

记忆里，儿时的月光是清的，亮的，香的，更是神秘的。她总是在夜深人静时引诱你去回味，去寻找，去搜索，让你带着如梦似幻的惬意去穿越时空，去重返童年。

不知为什么，儿时最深的记忆，总是在乡下生活那些日子，也似乎只有那几年，才算是真正的童年。

褪去冬衣的时候，孩子们就像蛰伏一冬的大地一样，各个充满生机。他们三个一组，五个一群，在巷子里一边借着月光追逐嬉戏，一边大声唱着春天的赞歌：“春天在哪里呀，春天在哪里？春天就在小朋友的眼睛里……”

你看那些迎春的桃树，凑趣儿似的下起了桃花雨，洒落在衣服上，悬挂在头发上。那些草呀，花呀，麦呀，高粱玉米呀，就都抗不过诱惑，急匆匆地钻出头来，伸着脖子张望，大地就换上了嫩绿的衣裳。

夏日傍晚，下农田劳动的父母还没收工回家，两个懂事的姐姐就做起力所能及的家务来，而我和长我一岁的哥哥，就以不变的姿势趴在窗台上，遥望西天那迷人的日落。你看那一朵朵、一片片、一排排的晚霞，像马，若龙，似仙，在那无际的绿的烘托下，由浅淡到浓烈，再到夺目的惊艳，再由艳到淡，由淡到暗，仿佛有一位顶级的画师，在无边的画布上运笔。

而那一轮圆月，就在你对晚霞的变幻莫测的痴迷中，悄悄爬上枝头。她先是淡淡的，浅浅的，恍若蒙着白纱，又似抱着琵琶，羞羞答答。

渐渐地，夜幕四合，月儿便悄悄收敛面纱，变得清清朗朗，显露出明丽的月华。

记忆中，儿时的住房都是宽敞的，似乎家家都有庭院。而我家院子里每年都种上几株夜来香，在那如水的月光下，夜来香水黄色的小花悄悄绽放，那花儿圣洁淡雅，静若处子，默默释放清香。当夜风徐徐时，那香气便渐渐弥漫开来，整个院落都被淡雅的馨香笼罩了，那满院的月光似乎也随着入眼入鼻，清香飘溢了。

待到太阳升起，那花朵便羞涩地收拢花瓣，静静地呈现出一低头的温柔，默默地度过一整个白昼。而待到月上柳梢，她又慢慢舒展身姿，在清朗的月光下，尽情地挥洒幽幽的体香，整座院子就又开始暗香浮动了。

夜来香不与他花比美，少了妖娆，多了宁静，她正如内敛的女子，恬静温柔，不事张扬，只为心爱者，投去嫣然目光。

月光照在窗前的葡萄架上，隔着枝叶稀稀疏疏地筛下来，忙碌一天的人们坐在那里乘凉，脸上身上便呈现出斑斑驳驳的影子。若是再来一股清风，叶子便随风起舞，月影就流水般荡漾开来，幻化成一帘幽梦。依偎在母亲身边稚眼迷蒙的孩子们，抬着小脸儿，透过那浮光掠影，虔诚地仰望月空，全神贯注地去观赏银河的流水，寻觅天空的鹊桥……从此，心就长了草，天天盼望七夕的来临。

七月初七的太阳落山后，夜空繁星闪闪，一弯新月挂在天边，小伙伴们就拉着手去河边洗澡，看星月在河水里粼粼闪烁，推来荡去，心思也随着飘向远方。沐浴后的孩子似乎更多了一份虔诚，悄悄躲到葡萄架或黄瓜架下，眯起眼睛，聚精会神，准备偷听鹊桥上的私语。怎奈，天庭太远，来自那里的声音模糊不清，只有身旁蟋蟀谈情的蛐蛐声，青蛙求偶的呱呱鸣，那一晚格外悦耳，煽情……

儿时啊，中秋的月光总是分外亮，还有月饼的圆，桂花酒的香，总是在我记忆里回放。什么嫦娥奔月的传说，什么织女下凡的故事，那都是在月光下，妈妈话的家常。

当秋风摇落最后一片枫叶，就开始盼望下雪，盼望月光下在雪地上写字，堆雪人，打雪仗，更盼望冷月的清辉与火红的灯笼相望，影子那么长，夜晚那么亮，歌声在夜空里荡漾，炊烟伴着月光，袅袅娜娜，飘到天上。

儿时的月光还在记忆里明亮，我在城市的浮光掠影里却找不到故乡的方向。如今的月光，失去了从前的灵性、淳朴与宁静，她沾染了霓虹的艳媚和虚假。儿时的故乡，也仿佛成了奢望，只存在于另一个世界，就连那曾经的诗意，都被喧嚣的重金属乐击碎，洒下一地苍凉。灵魂孤独，迷茫。

故乡啊，我怎样才能回到你的身旁？

我怀着满腹的往事入梦，驾着快艇去寻找去打捞那一河的月光，眺望，靠近，伸手——贪婪地捧起，我那儿时的月光。

圆梦——走近母亲河

“辽河兮，泙湃狂澜。辽泽兮，泥淖蹒跚。布土兮为桥，既成兮孔安。”这是清乾隆皇帝咏辽海川泽的诗作，从中不难看出昔日辽河之景象。

俗话说，一方水土养一方人。烟波浩渺的大辽河源远流长，辽河流域沃野千里，物产丰富，悠悠母亲河哺育下的辽河子孙，创造了辉煌的历史，积淀下丰富的人文内涵，逐渐形成了厚重的地域文化。

身为土生土长的辽宁人，竟从没有走近过母亲河，从没有亲身感受过她的雄厚底蕴。多年来，一直有种遗憾萦绕心头。步入中年，这种内心的缺失感愈加浓烈。在基因可以重组，肉体的生命可以在实验室中生成的今天，人更易产生强烈的追根溯源的愿望，更想亲身感受生命和文化的自然传承。

为一睹母亲河的风韵，今年中秋刚过，我有幸随同市作协一行人实地采风，来到正在全力打造辽海草原旅游区的辽河开原地段。

辽河在开原地界以外，都是从北向南而流，但是，一进入开原地段，由于大台山高地阻挡了水路，就来个“辽河大拐弯”，变成自西向东而流了。辽河于是呈现出九曲十八弯之状，由此形成了辽阔的辽海草原。这里还有保存较完好的明长城遗址，当时的清河关、新安关、青羊关、镇北关、广顺关和山道关，被称“平地起六关，环绕开原城”，足见当时开原战略地位之重要。

此次参加采风，更应该说是一次圆梦。那是带着一颗虔诚的心步入辽河腹地，怀着一颗感恩的心投入母亲怀抱的。

越野车行驶在秋高气爽的乡间林荫路上，远离市区，周遭更显得风轻云淡。渐渐的，就有植物的清香弥漫在温润的空气里，鸟儿的歌声隐隐约约地传来，透过车窗，视线里常会有飞鸟在蓝蓝的天和白云构成的底色上画出优美的弧线。正在惊喜，司机师傅说，大辽河马上就要到了。

车子在辽河大坝上停下。堤坝距离河水几十米至百米不等，按河道自然走势与外界隔离开来。这里，退耕后的河岸湿地已初具规模，西孤家子湿地占地千亩，自然生长和人为种植的植物繁茂。站在辽河大坝上，只见宽阔的大辽河碧波粼粼，河水两岸蒹葭苍苍，树木茂密，还有不知名的水鸟在树丛或苇荡中时隐时现。

走进滩涂，有时会遇到几只鸟儿从你眼前那悄无声息的苇荡中呼啦啦飞起，在你认为受惊了的同时，你又何尝不是惊扰了它们的小憩呢？最让人兴奋的，是一行人竟然发现了一窝野鸭蛋，还远远地看到了野鸡扑棱棱飞走的身影；最让人惊恐的，是一条半米多长的花蛇，就在我们身边不足三米远的草丛中钻出，又刺溜滑入旁边的苇荡中，那真真实实地是“惊鸿一瞥”呀！简直汗毛都竖了起来。

在这里，更时常可见到苍鹰捕食的情形。只见那苍鹰在半空中盘旋，看准目标后俯冲直下，在水面或苇荡中就那么轻轻一点，便有猎物衔入口中。之后，只见它像庆祝胜利一样，展翅高飞，大有直冲云霄之气势。

置身茫茫湿地，一种原始的回归感油然而生。当年皇太极曾三次来丌原看望皇姐哈达公主，他在辽海草原狩猎时的场景，是否就近似眼下这般呢？

人与自然的和谐，是我们心灵的一种本真的回归吧。

车子继续前行，在河道一个急转弯处，我们见到了大段坚固的石磊堤坝。更令人不解的是，每隔一段就有一条几十米长，像鱼干一样垂直河岸伸入水中的石磊长堤。随行的辽河局负责人解释说，这就是辽河治理中辽北段有名的“英守险工”。因旁边的村子叫英守村，这里曾是东北亚丝绸之路的重要码头，这个工程是就由此得名的。这六道直伸河心的堤坝，起到缓解水势的作用。它的建成，不但阻止了汹涌而来的激流对河堤的吞噬，而且使古老的英守村告别了十年九涝的历史，乡亲们再也不用担心庄稼被毁、房屋进水的厄运发生了。

我们这些人虽然对水利工程一知半解，但听了这样的解释，还是不由联想到古代李冰父子的都江堰工程。这大概有异曲同工之处吧。

越野车一路上走走停停，我们经过的沙河入河口、清河入河口、亮子河入河口等景点都有大型水利工程正在施工中，不久的将来，这里定会是另一番景象了。

这些水利工程中，已经完工的横亘在河水中的蓝色老边橡胶坝煞是显眼。这一工程主要作用是枯水期使辽河重点河段形成稳定的生态水面，改善河道内生态环境。

我们还了解到，辽河开原段沿岸居民多为锡伯族，还有满、蒙、朝鲜等少数民族，他们都是骁勇善战、能歌善舞的民族，所以，这里也是多民族文化聚集地。

辽河边的自然广场属于兴隆台村，这里最引人注目的，是广场中间花坛里摆放的三块取自开原象牙山的天然石。象牙山是开原市的一个旅游景区，又因为连续剧《乡村爱情》就在此地拍摄，所以，已经名声在外，广为人知了。这三块大石头一大两小，最大的重达十吨，巨石上面雕刻着大大的“源”字。

登上兴隆台自然广场的观景台，广阔的辽河两岸尽收眼底。你看那岸边，灌木丛生，芦花荡漾，黄、褐、绿、白温柔掺杂，相互掩映。面对此景不禁暗想，如若秋意更浓些，再来上一场秋霜，相信这岸边定会有斑斓红叶点缀，那时的辽河，将更加鲜活亮丽吧！

站在观景台极目远望，辽河对岸是我从未亲眼见过的一望无际的金色稻田，那一统金色，毫无遮掩，绵延无边，直至天与地相连，蓝与黄浸染。而在另一侧不远处，树木掩映中那红砖灰瓦的房顶上，有炊烟正袅袅娜娜地升起。

炊烟带来的亲切感令人心生柔软，似乎母亲做的最可口的家常饭就要出锅了。

此时的辽河，仿佛一条镶金戴银流光溢彩的缎带，镶嵌在广袤的金色原野上。此刻的自己，早已融入这天地一景之中，成为母亲河画卷上的一点。若不是秋季水凉啊，真有纵身跃入河水中，酣畅淋漓地游上一游的冲动。

这就是我梦中常见的大辽河呀，这就是养育我的母亲！

一条大河波浪宽，风吹稻花香两岸……

置身母亲河，内心已被净化得淳朴清澈。此时此刻，喧嚣尘世的一切都与我无关，什么成功与失败，什么理解与误会，什么命运与奋斗，统统都抛到那九霄云外。此刻的自己，只想倾听母亲的心跳，只想融入大辽河的画卷，只想躺在母亲的怀抱里，酣然入睡。

辽海草原富饶美丽，人杰地灵。只开原这一地界，就曾出现了纳兰性德、端木蕻良这样影响全国的文学大家，如今的赵本山又成为新时期东北乡土艺术的领军人物。

其实，无论你赞赏或者排斥，大辽河悠久历史积淀下的丰厚人文文化中，无论是纳兰性德的大雅，还是赵氏本山的小俗，都代表着辽河地域文化的传承，都有其必然存在的历史价值。

走过千山万水，人们的意识从“看山是山，看水是水”提升到“看山非山，看水非水”的境地。百转千回，我们的心又回归到“看山是山，看水是水”的原始与纯粹。

历史的长卷一页页翻过，九曲辽河早已告别了金戈铁马的年代，也远去了百舸争流的岁月，但历史的梵音仍在大辽河上空回荡。在大力治理母亲河的今天，大辽河仍然张扬着生命的激情，滚滚东流。

我庆幸自己走近了母亲河，犹如游子回归故里。就在此地，一种无法言说的情愫，已经深深植根在心底，我的心灵，似乎也找到了家。

那些还没有亲近过母亲河的辽宁人啊，我请你走一趟辽河吧，请你看一看母亲吧！我相信，你定会如我这般慨叹此行的不虚。因为，当你投入母亲怀抱时，有一种从前沉睡的意识会被唤醒，那种久违的温暖，能让你内心安宁。

长白山，远峙开原。大辽河，富有恩泽。

那一抹乡愁

三毛说：“如果你心里还有情，眼底还有泪，故乡就不会只是地理书上的一个名词。”

——题记

我的故乡是辽北的一个小村庄，她的北面是连绵的丘陵，植被繁茂，有花香鸟语。西南有一条宽阔的小河流过，属于辽河分支。小村子宛若被一柄巨大的绿如意庇护着，那一湾河水，就是她轻盈的锦带。

我父亲不到二十岁就离开家乡了，为理想，他朝气蓬勃地走向远方。在“文革”后期，他被下放了，我们才有机会随他回到故乡生活几年。

我的记忆里，父亲就像一棵戈壁胡杨，命运把他移植到哪里，他就在哪里根深叶茂地生长，显示出顽强的生命力。然而，无论身在何处，对家乡的眷恋，始终埋藏在他的心底，家乡，在他心中化为不泯的记忆。

父亲总是趣味盎然地给我们讲家乡的故事。他说，乡下水土养人，生活在那里才接地气。那里有庄稼地的气韵笼罩，有青山的呵护，有绿水的滋养，人的精神才清透而不失灵秀。乡下有云卷云舒的四季风光，有季节分明的农事劳作，能够听到作物拔节的声音，可以看到雨雪落地的迹象，那才是自然天成的纯真。

在离开故乡三十载后，2015年，我们兄妹四人一起回了趟老家。重返故里，我们在路上就迫不及待地寻找童年记忆的载体了。但从踏上故乡土地的那一刻起，人就变得感动而忧伤，不是因体验到近乡情怯之情愫而动情，而是为故乡那令人瞠目结舌的变故而心疼。

故乡的山还是那片山，河还是那条河，但故乡的样子却面目全非。河岸那挂满榆钱儿的老树已经杳无踪迹，那风姿绰约的一排排垂柳，也不知是何年香消玉殒。河岸变成了垃圾场，清澈的河水像害了白内障的眼睛，呆滞浑浊，还蒙着一层污垢。

虽然乡亲的生活今非昔比，小洋楼、柏油路、太阳能热水器等现代化标志把城乡差距缩短了，但我童年的故乡，却如同曾经住过的老房子一样，已随岁月老去。真是应了那句话：故乡只存在于记忆深处。

记得西方有句格言："人创造了城市，上帝创造了村庄。"我一直为自己曾在乡下生活过而自豪。就像评论家高海涛先生说的："离开乡村这么多年，但乡村的记忆仍然刻骨铭心，并积淀成一种精神，不断给我力量、智慧与灵感。因为这种气质和精神，我甚至对城里人怀有暗自的轻蔑，就仿佛他们没有生活在乡村，就没有童年，没有历史，因而也没有文化一样。当然，这是偏颇和没有道理的。"

乡下的孩子，具备一种淳朴。因为乡村的山是绿的，水是清的，空气是新鲜的，所以人就像河水和空气一样，是透明而率真的。自然柔化的风景，唯美诗化的心灵，那是灵魂和人的本性的故土。

如今的乡下，干燥的土腥味儿和刺鼻的牛粪味儿，代替了儿时的松油味儿、蒿草味儿。那绵延的风吹柳摇现牧童的山坡，那奔腾的消暑解渴游泳打鱼的小河，那榆钱儿飘香的老树，那蒹葭苍苍的河滩，曾经多少次在梦里出现，醒来后还令我耿耿再难眠。可等我真的置身故乡时，我重返童年的美梦却破灭了。

我父亲在世时曾对我们说过，百年后他要回到家乡，依山临水地长眠在那块生养他的土地上。然而，遗憾的是，我们做子女的暂时还没能满足他的心愿。因为我们不想让拳拳游子看到家乡如今的凄凉景象。就让那山清水秀的故土，完美地存留在他记忆的深处吧。

余光中在《乡愁》里写道："乡愁是一湾浅浅的海峡，我在这头，故乡在那头。"从乡下回来我发了一条微博："游子怀着湿润的惆怅转身回来时，发现故乡凋敝凄然，老天下起了泥点雨，洒落一地悲怆的泪滴。如今的乡愁啊，变成了对一座青山、一湾绿水、一片蓝蓝的白云天的思念……"

那次返乡，鹤发童颜的王叔叔张着豁齿漏风的扁嘴告诉我们："山坡开荒，种上玉米就能变钱，所以山坡的树就都伐了，能刨的地都种上了庄稼。那时，荒山变良田，政府还给种地补贴呢。可现在，风沙大了，河变浅了，上游又有冶炼厂把河水污染了，这又开始退耕还林。来来回回，真不知道咋折腾才好了。好好的山水全都变了。"

我相信，王叔的迷茫也是大多数人的感伤。为发展经济出卖环境，我们走了弯路了。《人民日报》微博账号曾有一条微博文，主题是"你好，明天"，说："中东部地区持续雾霾，就连烟雨江南都不能幸免于难，以中国之大，还能找到几片净土？应反思：牺牲绿水青山换来金山银山，究竟有什么意义？治理雾霾、清洁空气，该拿出实际行动了！"

是呀，该拿出实际行动了。中国梦，同样应该包括绿色的梦！

虽然悠悠南亩，郁郁北坡，处处都有汗水滴过的禾下土，但南亩是良田，就该让它五谷遍地，北坡是丘陵，就该还它绿树成荫。绿色是生命之色，是自然的主体，田归田，山归山，水归水，一切还是顺应自然天成地来吧……

今年国庆节时老家来人，说现在退耕还林已初具规模，生长周期快的杨树柳树已经大面积成活，山体又变绿了，河上游的冶炼厂也被强制关闭。省里大力治理辽河，专门成立了辽河生态管理局，恢复后的辽河湿地已经初具规模，现在野鸡野兔也时有出现了。

听到这一消息不觉眼前一亮，暗为故乡祈福。

前天，我做了个梦。梦中，父亲领着儿时的我走在乡间小路上，耳边有鸟儿在歌唱，他给我讲着远山老林子的传说。

我那日夜思念的故乡啊，但愿你能旧景重现，愿我那父亲的灵魂，能有故里可归，能长眠安息……

故乡的年味儿

提起年味儿，首先想到的就是乡下过年，因为乡下人的生活方式更近于传统，年味儿也才更足。虽然我只是童年时在乡下生活过几年，但似乎生活中沿袭下来的传统方式以及童年记忆，全部来自乡下，那成了我来时的路，我的根。

在我的故乡辽北乡下，进入腊月就能嗅到年味儿了。腊月初八古称“腊日”，俗称“腊八节”，所以，刚进入腊月，主妇们就开始收集煮粥用的食材了。像什么小米、大米、大黄米、大枣、杏仁、花生仁、核桃仁、芝麻、绿豆、红小豆、莲子、枸杞子，等等，最少也得备足八种食材，按照不同时间下锅，煮成一大锅粥。待到快停火时，加入冰糖或白糖。那腊八粥别具风味儿，吃在嘴里更是香甜顺滑，是小孩子们期盼的好吃食。

我们小时候，家家有三五个甚至七八个孩子，虽然腊八粥一做就是一大锅，但大人也只是象征性地盛半碗尝尝，剩下的都留给孩子们吃了。记得小时候喝完一碗腊八粥，我和长我一岁的哥哥都会伸出长长的舌头，把挂在碗边的糊糊舔了。有时糊糊会碰到鼻子上、脸上，人立刻就变成了小花猫，逗得家人哈哈大笑。可见这粥该有多么金贵了。

时至今日，想起当年的八宝粥，仍然会有余香绕口。偶尔闲来无事，我就去商场买来各种食材，自己做腊八粥吃。也许是心情作祟，虽然食者对我做的腊八粥赞不绝口，但自己却怎么也品不出儿时吃的腊八粥那种无法言说的味道了。至于说市面上卖的各种粥，那就更不用提了。

东北还有句俗语："腊七腊八，冻掉下巴。"这是因为腊八正处在数九隆冬天。大人就逗孩子说，快吃黏豆包把下巴粘住，可别冻掉了哟。我们这些小孩子就信以为真，那两天主动要黏豆包吃。

腊八节过完，就要跟杀猪匠联系排号，准备杀年猪了。杀年猪那天也是这个家庭最隆重的请客日，要把尊敬的长辈和关系密切的亲戚邻居请到家里来，一起享用最丰盛的杀猪菜。

现如今，杀猪菜已经上不了档次了，但当年杀年猪当天吃的川白肉和血肠等美味，却是每个家庭一年中最好的大餐。我家每年杀猪都会摆上两桌，冰天雪地的季节，一大屋子人坐在一起吃热气腾腾的杀猪菜，小院内飘着肉香，似乎日子都变得温暖如春了。那杀猪菜的香啊，现在想起来依然具备非凡的诱惑，让你不自觉就开始咽口水了。

杀完年猪就该准备小年、大扫除、赶集买年货了，过年的气氛越来越热烈。

除夕这天是讲究最多的日子。记得头天晚上，母亲就会很郑重地叮嘱我们：从明天开始，不许吵架，不许骂人，更不许哭，要捡喜庆祝福的话说，还要避开“死”呀，“坏”呀，“鬼”呀之类的不好的词语。

说也怪了，有时候越小心越出错。可真有谁不小心犯了忌讳，父母也不会骂我们，更不会打，但会用最严厉的眼神盯着你看，沉默不语。那威严的目光，简直比刀子还锋利，能把你修理得心惊胆战，自己就找旮旯反省去了。

除夕吃过早饭就该贴对联窗花了，还有那些米袋、水缸、鸡窝、猪圈、墙头等都要贴上四字春联，内容是紫气东来、风调雨顺、抬头见喜、五谷丰登、人勤春早、饮水思源、牛肥马壮、六畜兴旺……

院里红火起来后，父母就开始忙接年饭的吃食了。母亲会按照列出的单子烀猪蹄，炖排骨，炖鸡，给鱼过油，等等，准备接年饭中各种菜的第一道程序。接年饭的菜种类越多越好，我家六口人，多数时候是八个菜或十个菜，高兴了也有做十二个菜的时候。还要做一锅米饭，这次的米饭就必须多做，要有剩余。接年饭最讲究的是做整条的鱼，和米饭剩余一样，要的是谐音，“年年有余”。还必须要有猪蹄，那是刨钱的象征。我家的接年饭，白菜卷也不可少，做的时候像和饺子馅一样调好肉馅，再用白菜叶卷起来放笼屉上蒸，寓意“百财卷来”。其他菜就按自家条件和个人口味来定了。

而我父亲，这天上午就是专职收拾猪头。父亲收拾猪头总是先用火燎，把坑坑洼洼处的毛烧掉，然后水洗、刀刮，再放到开水锅里烫一烫，收拾得干干净净。

到了晚上六七点钟，就该开始张罗包饺子了，只是包完了也不能煮，要等到晚上十一点以后呢。这期间，一家人坐一起唠家常，吃着水果，嗑着瓜子，守岁。这一天无论主餐还是零食，都是一年中最丰盛的。

在除夕夜，就连扫地都是有讲究的，要从外往里扫，因为人们希望“百财进门不外流”。从贴完对联到大年初二，还不能往外扔东西，连垃圾都不扔，和扫地是一个道理。半夜煮饺子时，不能全部捞出锅，要留下两个占锅底。我结婚多年了，别的习俗可以省略，但除夕夜煮饺子压锅底的习俗，我一直延续着，感觉这才有年味儿。

除夕的饺子一出锅，就要隆重地燃放鞭炮，这也是大年期间燃放爆竹最多的一次。半夜十一点后，你就听那鞭炮声不分远近地传来，震天动地，此伏彼起，络绎不绝。夜幕下，高高挑起的大红灯笼把小院照红了脸，借着灯笼的光亮，能看到爆竹的青烟在村子上空缭绕，七彩焰火直冲天际，空气中弥漫着二氧化硫的味道。孩子们叽叽喳喳，欢天喜地地叫着，笑着，闹着，静谧的乡村就像炸了锅，过年的气氛就在这欢庆中达到巅峰。

除夕夜和年初一也是孩子们最快乐的日子，你就看那小巷子里，成群结队穿着花花绿绿新衣裳的孩子们，提着各式各样点燃蜡烛的小灯笼，出东家串西家地疯跑。这时候，每家大人都显出少有的慷慨，只要有孩子进门，都会抓一把瓜子或拿两个糖块给孩子揣兜里，亲戚长辈还会给块儿八毛的压岁钱。孩子们腼腆地接受，礼貌地道谢，拘谨地道声“过年好！”然后就一溜烟儿地跑去下一家了。

等衣兜揣满，就兴高采烈地跑回家，把兜里好吃的掏出来，单独收好，留着过完年再吃，然后急忙冲出家门，再接着去下一家拜年。

不单是小孩儿，除夕这天，男人也是可以随便走动的。劳累了一年的从不讲究外表的男人，小年前就理了发，今天又刮了脸，穿了新衣裳，挺直腰板，精精神神地去左邻右舍串门儿。只有结了婚的女人，在贴完对联到半夜吃饺子前这段时间，不能随便去别人家，拜年都不受欢迎——但本家除外。现在想来，这是一个歧视妇女的现象。

我们老家还有一个老令儿，就是三十晚上女婿不能来老丈人家。

具体为什么，我也不大了解，但我清楚地记得，有一年的除夕夜，我堂姐夫一推我家大门，就被院子里的父亲挡了回去。父亲沉着脸说："你有规矩没？大三十儿的上我们家串啥门子？你有啥事儿改天再来吧。"

堂姐夫笑着说："老叔，看你这走南闯北的人，咋还这么封建呢？"

父亲依旧板着脸，回敬道："这叫规矩，老辈子留下的，没有规矩不成方圆。平时你啥时候来我都欢迎，今天你就回去吧。回家告诉小琴，初二你们全家一起来，小琴爱吃酥白肉，我给你们做。"

父亲是很有威严的人，他严肃起来大家全都怕他。同时他又很传统，过年严格按照老辈子传下来的规矩办，尽管那是封建的。

不过，也有能打破父亲的老规矩的人，那个人就是村东头的刘大娘。

刘大娘丈夫去世得早，没有儿子，四个女儿都嫁到外村，所以她自己过日子。我七岁那年，刘大娘春节前生病了，家里清风冷灶什么都没准备，吃接年饭时，父亲就过去，要把她接到我家来。可刘大娘不同意，就推说走不动。父亲就又返回来取了小推车，硬把她推来了，等吃完饭，又把她送了回去。

晚上，父亲刚帮母亲包完饺子，就翻找肉和菜，要去给刘大娘包饺子。母亲说："这大三十儿的，我不能和你一起去，你把咱家包完的给她拿过去点就行了。"

父亲却说："过年么，过的就是半夜包饺子的热闹，这叫有人气儿。接年饭她都没做，这饺子再不包，那过的什么年了？她心里不定多难受呢。"

我们几个孩子就开始猜测，这个刘大娘跟父亲关系肯定不一般，他连结了婚的亲侄女都不让来家，对这样一个不相干的寡居老太太，怎么就不顾及那些老规矩老传统了呢？

后来，母亲为我们解开了这个迷。

母亲告诉我们说："你们父亲和村里他叫嫂子的人都能开玩笑，可你们啥时候见过他和你们刘大娘开玩笑？他比你们刘大娘小了十七八岁，小时候和你们刘大娘住邻居，你奶奶生病时，他吃过人家的奶呢。受人滴水之恩还需要涌泉相报，何况这是哺乳之恩呢！你们不是听说过黑包公老嫂比母的故事吗？你们都记住，做人，首先要学会感恩！老传统最讲究的就是孝，孝为先，这比啥都重要哇……"

故乡的疯四嫂

每每提起故乡，便会有一个很特别的女人形象出现在脑海里，那是疯子四嫂。

我也搞不清是什么原因，经过岁月的沉淀后，一个不起眼的疯女人，竟然成了我对故乡人最深刻的记忆。真不知她对我施了什么法术，才使我对她的记忆超越了那些正常人，甚至那些有地位的人。我对她的回忆，总是越来越清晰，而且饱含着亲情。

我出生在二十世纪六十年代末，童年时随下放的父亲在故乡生活了一段日子，所以对故乡印象并不深刻。后来又随生活与故乡渐行渐远，故乡便成了我遥远的记忆。她似乎渐渐演化成一首诗、一幅画，甚至是一个梦，一种矫情的乡愁。

可步入中年后，故乡一个疯女人的形象却总在我记忆深处游荡。每当提起故乡，她那白白胖胖的身影，便会穿越城市的浮光掠影来到我的眼前，还有她那整天都说不完的话语，也会在耳边若隐若现。她说话时那自我陶醉、自享其乐的神态，就像一组精心剪辑的影像一样，仍在我的脑海里幻灯片一样播放。

那是邻居李家的疯女人，我该喊她四嫂。

在那个艰苦的年代，胖人是极少见的。李家四嫂却长得白白胖胖，和同龄人比起来就显得较年轻。现在我想，这也许和她不用在烈日下干农活，也不会为贫苦的日子操心劳神有关；抑或是吃了含有激素的药物导致的虚胖。不过四嫂不会为清苦的日子发愁，总是做着自己喜欢的事情，从某种意义上说，那也算一种福分了。

其实李家四哥比我父亲还大一岁，四嫂比四哥又大一岁，但因为四哥是我一门远亲，老乡亲之间论辈分，他应该叫我父亲老叔，所以我们就四哥四嫂地叫着他们。

长大后听母亲说，四嫂子是附近公社的一个地主家的女儿，嫁给四哥前结过婚。她原来的男人是个城里的老师，后来被打成右派跳井死了，她的精神就开始反常。于是，她的娘家人就把她和四岁的儿子从城里接回来，后来嫁给了娶不起媳妇的四哥。四嫂读过书，人长得又挺漂亮，当时病得并不严重，是四哥托人提的这门亲事。

据说，他们婚后四哥真喜庆了一阵子，对四嫂和她带来的儿子也很好，孩子随了四哥的李姓，四哥也始终把他当长子看待。我记忆中那个叫大柱子的年轻人，在弟妹们面前，一直是很有地位的。

记忆中，四哥古铜色的脸庞上布满皱纹，一副和年纪不符的沧桑相。他人长得高高大大，稍微有点驼背，更显得深沉庄严。四哥农活出色，口才也不错，又根正苗红，曾经当过生产队长，后来四嫂的疯病越来越重，他为了照顾家庭，才放弃了队长的差事。

但我知道，平时既沉稳又不苟言笑的四哥脾气不好，我见过他打四嫂子。记得当时四嫂子蹲在水缸边，身子往水缸和墙的夹空里挤，吓得哆哆嗦嗦，泪水噙满眼眶，两个用红布条绑着的辫子都凌乱开了。四哥一扬手，她就尖叫一声，抬起手本能地护着头，大滴大滴的泪珠扑啦啦滚落下来。

那时我真的不懂事，只是躲在门后偷瞄着，情感淡漠，缺乏应有的同情，似乎也觉得对疯子没有道理可讲，他们犯错，就该用武力解决。

平时疯四嫂总是嘟嘟囔囔说个没完，嘴唇就像她那两只做着针线活的手一样，总也闲不下来。虽然谁也不知道她在说什么，但她自己乐在其中。她有时说着说着还腼腆地看看四周，见有人看她，就不好意思地笑了；有时根本不在乎身边有没有人，你看你的，她说她的，常常眼神迷离飘忽，有时还忍俊不禁。她的那个世界，想必是丰富多彩、妙趣横生的，也可能她还沉浸在情窦初开的少女世界里，所以无视他人，独自或专注或羞涩地沉溺进去。虽然她的精神世界没人搞得懂，但是她手里完成的针线活却是令人钦佩的。

别看四嫂子疯疯癫癫，但家务活一点不耽误，一大家子人的衣服、鞋子、被褥，都是她自己缝缝补补的。一般都是四哥买来布料，求别人给裁剪，关键地方帮着连接缝补一下，拿回家，疯子四嫂就能自己做了。母亲说，即便是新式样的衣服鞋子，如果当面告诉她如何做，她也能记住，只是母亲不愿意去她家当面教她。想她原本应该是个很聪颖的人，真是可惜了。

在我的记忆中，母亲经常给他们家人裁剪鞋样、衣裤，还帮着给棉衣絮棉花，然后四嫂子自己完成后期的工作。一针一线地缝制一家八口人一年四季的穿戴，这对一个正常女人来讲，也是一项不小的工程，但一个疯女人竟然完成了。每当提起这些来，乡邻们也不得不敬佩这疯女人，四哥也是既无奈又知足。

尽管四哥对父母很敬重，但母亲总是尽量避免去那个特殊的家庭，即便有事过去，也总是带上一个孩子。我那次遇见四哥打四嫂，就是陪母亲去她家时看到的。

那是个春耕时节，春草刚刚露出淡淡的绿意，柳树吐出鹅黄。那天我看见四哥眼睛红红的，把一大锅的稀饭，像埋种子一样埋到了院子里那棵正落英缤纷的桃树下。母亲把四嫂从水缸边拉起来送到炕上，拿来裁好的鞋料给她看，然后放到炕上的一个针线篓子里。

母亲又转身，埋怨四哥不该打四嫂，又和低着头抹着眼睛的四哥说了一会儿话，安慰他几句，才拉着躲在门外怯生生向屋里张望的我离开。回家的路上，母亲唉声叹气，她还不让我把四哥埋饭的事对别人说。

长大后提起乡下的事，才从母亲那里得知了事情的缘由。原来，为了省事儿，四哥总是用头号大锅一次做好全家人一天的饭。那次他把米下锅后，就让疯子四嫂坐在那里烧火，他去园子里种庄稼。可没想到，四嫂竟然背着他，把两把黄豆种子洒在了锅里。

那黄豆种子，是四哥在生产队干活时偷偷揣回来的。那是个饥饿的年代，为了防止社员干活偷吃偷拿，种子都是用剧毒农药浸泡过的，大人孩子都知道这事，唯独这个疯子不明白。当四哥回屋时，正看到四嫂子乐呵呵地用勺子舀了几个半生不熟的豆粒，准备往嘴里送。四哥才夺过勺子打了她。

那个年代吃糠咽菜，春天更是青黄不接，一锅饭就那么扔了，四哥哑巴吃黄连，有苦说不出。

母亲还说，四哥那次哭了。损公肥私已经破坏了做过生产队长的他做人的底线了，又差点要了家人的命，他后悔莫及。他说好歹有这么个人，才算个完整的家，孩子大人回家都有个奔头。这疯子若是出了事，他一个男人带着六个孩子可怎么活呀……

记得母亲说，我们家搬来的时候，四嫂和四哥生有一儿两女，她还带来一个大儿子，当时一家六口人。我们家搬来那年年底，四嫂子又生了一对双胞胎兄弟，小名叫三柱子、四柱子。一家八口的重担都落在了四哥一人身上，可想而知，生活是多么艰难。

四哥实在没辙了，就绑了四嫂子，用马车拉着她到公社医院做了绝育手术。也正是因为那次手术，四嫂子怕了四哥，有时候嘴里叨叨咕咕，旁人能听清“李老四”，这时候就会发现，她的表情变得惊恐，又带着怨恨。但说着说着她就又笑了，又沉浸在了她那谜一样的世界里。

母亲曾说，为了这一对双胞胎，四哥四嫂吃了不少苦头。在没生他们之前，四嫂偶尔还能清醒一会儿，这时她就使劲拍打自己的肚子，她是不想再要孩子了。自从生完他们，她就几乎再没清醒过，嘴也再没闲下来过。但她却知道奶孩子，奶水不够吃，她就给孩子喂米汤。有一次，饭粒差点把三柱子噎死，后来四哥就自己动手喂孩子，再不让疯子喂米汤了。

三年后，十六岁的大柱子开始下地干活贴补家了。

我的记忆中，四哥家住在村西头，紧挨着从村子边流过的那条小河。那两个叫三柱子、四柱子的双胞胎兄弟，夏天总是光着屁股到处乱跑。他们都长着一副与其身材及其不协调的大肚子——也许是因为营养不良身材瘦小，肚子才显得尤为突出。他们皮肤黝黑发亮，不仅长得一个模样，还总是形影不离。他俩似乎天生就会游泳，常常在小河边玩耍。

傍晚时分，偶尔会看到那两个光屁股的黑孩子在浅水边嬉戏，一个白胖的女人光着脚，挽起裤腿坐在岸边，有时她只穿着背心短裤，露出大片白嫩的身子。她会把随手拽来的草叶、花瓣之类撒到清澈的河水里，那些彩色的漂浮物便顺着河水一路逶迤。偶尔，她也会撩起水撒在自己和孩子身上，抓住这个洗洗小脸，逮着那个拍拍屁股，嘴里叨叨念念，带着一脸的幸福和满足。

步入中年后，记忆中的这幅画面越来越清晰，越来越唯美：晚霞粼粼的天空，波光潋滟的河水，碧绿的草地，茂盛的庄稼，撒欢的孩子，慈爱的母亲……那是一种天人合一的天伦之乐，是一种原生态的奇美，同时也具备田园诗的意境。

疯子四嫂很爱美，也很爱干净，衣服虽然破旧，但总是整洁的。她的头发总是梳得光亮亮的，发型和与她同龄的母亲以及其他女人不同。打我记事起，母亲就是齐肩短发，两耳边用大号的黑色发卡一别，简单利落，那时，除了偶尔见到几个梳发髻的老太太，结了婚的女人，几乎都是这个发型。

而四嫂子的头发却较长，用两根红布条扎成辫子，偶尔盘在脑后，多数时候打一个弯吊在两边，就像母亲高兴时，给我们姐妹们梳的发式一样。这样，四嫂子就显得很另类，尤其是那两条褪了色的红布条，让人看着不舒服。后来我在电影里看到，在公园里边划船边唱《让我们荡起双桨》的女孩们，就是那样吊着两个用鲜艳的头绳扎成蝴蝶结的辫子的。

前些年，在电视上看到扎着羊角辫的香港富婆时，我也会不自觉地想起故乡的疯子四嫂来。也许，那时的四嫂，依旧沉浸在曾经的岁月里，心里揣着少女的情怀，那时，她正发型俏丽，衣袂飘飘，面含娇羞地做着初恋的美梦呢。

我和村里其他孩子们一样，总是远远地看着很少出门的四嫂，不敢太近距离接触这个另类的女人。即便和她家的女孩子们玩，也不愿意主动登门去找。对小孩子来讲，四嫂子终究就是个疯子，疯子总是潜藏着侵害性和攻击性的，对我们存在一种威胁，所以，我面对她时总是怯怯地不失时机地看着，只远瞻，不敢近瞧。

记得在乡下那些年，端午节，家家户户提前几天就用彩色的纸叠成葫芦、官印等象征性的挂件，悬挂在居室门口或孩子们床头。节日当天，人们在太阳还没升起来之前采来艾蒿，插到门窗框上；家家早上都要煮鸡蛋，也会在水里扔几片艾叶；人们还把艾叶泡在水里洗脸。有条件的家庭，会用五彩丝线拧成一股绳，节前给孩子们系在手腕上，节后第一个雷雨天再剪断扔到雨水里。在那个贫苦的年代，五彩丝线是很稀罕的东西，乡下也很难买到，但每年过端午节时，四嫂子都会给全家人系上五彩线。母亲说，那应该是四嫂子的老箱底儿了。

直到现在我也不清楚，到底是四嫂子自己知道过节了，还是四哥提醒了她，反正每年他们家人，都会很适时地在手腕系上五彩线，就连四哥那么个大男人也不例外。这一点，就是健全家庭偶尔也做不到。所以，有人和四哥开玩笑，说四嫂子拿他也当孩子哄呢。四哥虽然嘴上打着哈哈，但脸上却写满了幸福和骄傲。

如今，我每次去山区旅游，都会很自然地想起故乡那个遥远的小山村，想起那个在艰难的岁月里依然坦荡、乐观、勤劳、慈爱、女人味儿十足的疯子四嫂。

缭绕在记忆里的白肉香

天下美食，各具特色，让人思之垂涎。而童年的美食就像童年的友情，更有着让你无法忘记的味道，就比如那热气腾腾、鲜香馥郁的肥猪肉。

川白肉

如今偶尔在街上看见杀猪菜馆，就如同见到了老房子热炕头儿一样，倍感亲切，会蓦然想起童年吃川白肉的情景来。有时就会被一种情愫牵引着，走进去，坐下来，去追溯那远去的光阴，去品味那童年的味道。

东北的冬季漫长而寒冷，家家都要储备越冬蔬菜，除了白菜、萝卜、土豆外，酸菜也是必不可少的一项。酸菜可切丝炖、炒，还可以切碎包馅；最大众的吃法是炖，既可喝汤又能吃菜。腌制后的酸菜味道酸涩，所以，配肉吃才显得出来菜的鲜味儿，这就有了东北名菜——川白肉。

在我很小的时候，全家随下放的父亲回老家昌图乡下生活，那时候见荤腥有限，所以，各家养的猪是越肥越好。谁家杀的年猪膘厚油多，是很值得庆幸的事，不但家人高兴，就连左邻右舍都会说：看谁谁家的猪，可真够成全人的呀，一巴掌的膘！你就听那口气吧，带着十足的羡慕。

有部电影，忘了名字，只记得其中一个情节：一位泼辣的中年妇女买猪肉，见店员给切的瘦肉太多，就气得大骂道："你这个狐狸精，专给我拣瘦的切，那大肥膘留着走后门还是贴你屁股上啊？"现在和年轻人讲起这事儿，都视为笑谈了，可当年买肉真的都是要肥的。

在那个物资匮乏的年代，普通人家即便偶尔能吃上一顿肉，也是让了老人让孩子，你推我让各自尝尝罢了。要想全家人好好吃顿川白肉，那就得盼望过年杀年猪了。其实，能杀年猪的人家也应该是日子过得不错的了，杀年猪是这个家庭的大事，杀猪后会很郑重地请来亲戚朋友一起享用。

在乡间有一俗语："十里地赶一嘴，不如在家喝凉水。"是说远道赶去吃饭不值得。然而在那个年代，年前十里地赶去吃川白肉，却是个例外。当时通信设备不像如今这么发达，主人想宴请哪位宾朋，就会派家里一名成员登门请客，多数是派一个能办事的孩子去表明家长的心意。十里地赶去请你，那是多大的情面啊！被请者会感到无上光荣，当然是换上体面的衣裳，兴高采烈地前去赴宴了。

记得在乡下生活的时候，我家每年杀年猪的前一天，父母都会派我的两个姐姐分别去住在外村的两个姑姑家，把姑姑和姑父请来。到了杀猪当天午饭时，还会叫上附近的亲戚和左邻右舍的长辈。每次吃饭都有二十来人，炕上地下各摆一桌，那也成为拉进亲情、辞旧迎新、庆祝丰年的一个仪式。

在杀年猪请客的时候，家家都是先切好几棵酸菜，攥干水分备用，再用大灶烧一大锅水，把几块豆腐块一样的肥猪肉放开水里紧一紧，舀出起沫的水。然后重新填水，加入八角、姜片、葱段等调料烧开，再把切好的酸菜丝下锅，敷在肉块上同煮，再撒上盐。待肉用筷子能扎透时，把它捞出来，切成薄片。肉熟时酸菜也炖得烂烂的了，把汤汤水水的酸菜盛出来一大碗，上面码一层切好的白肉片，再把灌好的血肠蒸熟切断压在上面，一碗川白肉就做成了。

此时的肉片已被原汤泡透，软嫩适宜，肥而不腻。一大碗热气腾腾的川白肉端上桌，看着就让人食欲大开。当你夹起一片颤巍巍的川白肉放入口中，顿觉嫩滑软绵，一咬即化，满口留香，此时的酸菜也是油亮白嫩，鲜香爽口。食客们便可大快朵颐，内心也会被这美味润滑得温暖舒适，开始推杯换盏，畅快淋漓地享用人间美食了。

因为那时候常年素食为主，所以，有的人猛地吃肉太多胃肠会不适应，讲究的人家就会备上一碗蒜酱。川白肉蘸蒜酱吃，增加了鲜辣滋味，既爽口又下饭，还化解油腻，倍受欢迎。做川白肉的酸菜还有一个特点，就是不怕回锅，而且越炖越有滋味。

虽然杀年猪这天是大口喝酒大块吃肉之时，但由于主人请客的庄重，在场宾客便也显出平日里少有的客套与斯文。这一天，老人受尊敬，孩子被夸奖，误会可消除，隔阂能化解，一派喜气洋洋的景象。

袅袅的炊烟升起在淳朴的乡村上空，那种入心入肺的踏实感便扑面而来。农家小院飘起肉香的时候，贫苦的日子就变得富庶而令人知足了……

酥白肉

前些天，因一位高中同学家有事，十来个同学得以小聚。为了不给主人添麻烦，其中一位男同学说："最近我吃了一道特别解馋的菜，走，我带你们尝尝去。"当大家问他什么风味时，他却笑而不答，只说："去了就知道了，保你们吃了这顿想那顿。"

到了窄巷内一家小饭店，他先和服务员耳语了几句，之后才让大家点菜。等点的菜上齐了，他才站起身，隆重推出今晚最想请大家品尝的菜肴。

只见服务员端着一盘色泽鲜亮似玛瑙的菜走过来，还备着一个小碗。我们第一反应，觉得像拔丝地瓜，可拔丝地瓜又不会这么圆润；说是溜肉段吧，溜肉段色泽又淡了些，更缺少这晶莹剔透的视觉效果。再说，这两道菜根本不具备他如此隆重推出的理由。于是，大家都以惊疑的目光恭请菜盘落桌。然后，看清了，小碗里盛的是清水，用于拔丝的。我略一迟疑，惊呼："哇……这不是酥白肉吗？真是稀罕啊！能有三十多年没吃到了！"紧接着又有几个人叫出名字来。请客者忍不住哈哈大笑道："怎么样？稀罕吧？一见到这菜就想起小时候了。我来吃过好几次了。"于是乎，几个人都撇开了应有的客套与矜持，争相下箸，一饱口福。在我们的啧啧称赞中，就连那几位平时不吃肥肉的人，也难耐美味的诱惑，最后还是各自夹起一块放入口中。

说起酥白肉，那可是我童年里的珍馔美味，也是我父亲的拿手名菜，只有年夜饭和杀年猪请客时他才会露一手。

想当年，酥白肉可算得上最上档次的名菜了，乡下人能做好的寥寥无几。每次我家请客，酥白肉都是压轴菜。当那色泽美艳、酥脆香嫩的佳肴端上桌时，总会赢得满堂喝彩，被食客们风卷残云般消灭干净。

记得父亲做酥白肉时，总是选用上等肥肉，切成食指大小的长条，再用蛋清和淀粉调成的糊裹匀，下油锅炸成金黄色，捞出，沥油备用。再把准备好的白糖放入盛有少许清水的锅内，用勺子碾压翻炒，使糖与水融化在一起。待糖液开始逐渐起泡儿时，再用勺子底部于锅底画圈调匀，化开的糖由开始的青白色慢慢变为浅黄色。此时，将沥掉油的肉坯主料放入锅内，快速颠勺。这时候考验的就是腕功了。待肉坯被均匀地裹上糖浆，便可出锅装盘，一道美味就此完工。

做酥白肉讲究的是炸肉坯和熬糖浆的火候，火候掌握得恰到好处，出锅后肉就会玉骨冰肌，外脆里嫩，咬一口香甜爽口，丝毫不见油膘之肥腻。酥白肉可谓色、香、味俱佳，老少皆宜。

乡下生活的时候，我印象最深刻的父亲做酥白肉，是一年秋天。那天，母亲卖了一兜鸡蛋买回一块肥肉，平时很少下厨的父亲亲自烹饪。

那天，多日不闻肉香的我围在灶台边，瞪大了眼睛观看父亲制作美味的过程。当肉下锅香味飘散开来时，我已经开始咽口水了。在院子里玩的哥哥姐姐也寻着肉香跑进来，满脸喜悦地吸吸鼻子，规规矩矩地坐在饭桌旁等着。他们表现得像往常一样淡定，但怎么也无法掩饰当时的表里不一。

然而，父亲看看我们，却只从一盘子的酥白肉中夹出四块分给我们四个孩子，说："这是给你们刘大娘做的。"端起来就要走。年幼的我眼巴巴地看着那一整盘的酥白肉从眼前被拿走，眼泪都流下来了。父亲停下了，母亲看看父亲，拿起筷子又夹出一块，放到我碗里，这才和父亲一起出去了。

当时的我很难理解父母的做法，这么难得吃上一回的美味，自己都不尝一尝，也不给孩子吃，怎么舍得送人呢？

长大后，我才在母亲那里了解了实情。原来，那次父亲单独给刘大娘做好吃的，是因为她病重，已经卧床几天没吃东西了。母亲过去看她时，她拉着母亲的手说："过完年就没吃过肉了，现在就想那一口儿。"母亲还说，虽然邻里间论辈分，父母应叫她嫂子，但她比父亲大了将近二十岁，父亲小的时候，曾吃过她的奶，她对父亲如同母亲一样……

荤油拌饭

猪油葱花的香，是弥漫在记忆里的芳，口舌缭绕，隽永悠长。

说起从前穷苦日子中各家喜欢养肥猪，不只是想吃那颤巍巍的川白肉和香喷喷的酥白肉，还有一个主要原因，就是猪肥膘可以炼油。那个时候，吃肉次数是有限的，平时能吃上猪油，就算是见到荤腥了。

在没有肉和菜的日子里，荤油拌饭，是很奢侈的吃法呢！盛一碗热气腾腾的高粱米饭，舀一羹匙荤油，眼看着雪白的荤油一点点融化成亮晶晶的液体沁入饭粒里，粗涩的饭粒就被浸润得流光溢彩，立刻变了身价。食者也会胃口大开。

小时候我最爱吃妈妈炼的荤油拌的饭。因为妈妈会往炼制好的荤油里加点盐，还会把炼肥膘剩下的油渣切碎，搅拌到还没凝固的荤油里，这样凝固后，雪白的猪油里就点缀了棕色米粒大小带有焦煳味儿的肉丁。那肉丁在嘴里细嚼慢品，味道有点类似如今的烤肉。在没有肉吃的日子里，唇齿间能咀嚼一块儿酥脆糊香的猪油渣，那也是回味幽远，绕梁三日而不绝呢。

炼荤油的材料有两种，一种是猪肚子里的水油，另一种就是猪肥膘。水油炼出的油凝固后较软，油渣干硬；肥膘炼出的荤油凝固后更瓷实，油渣口感酥脆，油和油渣相对来说更香。

记得有一次我得了腮腺炎，脸肿得吃饭都难以下咽。一天晚饭时，家人围着餐桌吃高粱米饭，我却躲到一边抹眼泪。母亲叫我名字，我扭头一看，就见她变戏法一样端出一碗热气腾腾的大米饭，示意我过去。那雪白的香喷喷软乎乎的大米饭诱惑力非凡，年幼的我移步桌前，破涕为笑。

可是，好不容易将大米饭放到嘴里，却还是不敢咀嚼，我又流下了眼泪。

父亲就放下饭碗，端起我的碗去了厨房。当他回来时，就见雪白的大米饭上撒了一层细碎的绿色葱花，中间托着家杏那么大一块点缀着棕色肉丁的荤油。只见那鲜绿的葱花在米饭热气的熏蒸下由脆变软，荤油也由固态融化成稀滑的液体浸入米饭里。父亲笑了，拿起汤匙拌一拌，就见绿色的葱花和棕色的肉丁均匀分布在白色的米饭里，葱花猪油的清香四溢开来，立刻弥漫了整个房间。母亲舀一匙饭送到我嘴里，入口顺滑，鲜香软绵，妙不可言，一碗饭顷刻间便被我消灭干净。

看着全家人疼爱的眼神，我不好意思地笑了。现在回想起来，那笑里应该有对美食的欣喜，有对吃小灶的愧疚，更有对父母的感恩和对亲情的依恋吧。反正从那天起，我对葱花荤油的香，就有了一种无法表达的爱恋。

喜欢吃肥肉荤油的日子已经渐行渐远了，变成了一个时代的记忆，然而，千帆过尽，让我缱绻回味，沉醉其中的，还是它们的味道，那已经成了家乡的味道。某次午夜梦回，某个独自静坐时，抑或某个午后的小憩中，那萦绕在记忆深处的白肉香，不经意间就会飘到我身边，令我身心温润，口舌生津。

诗意白鹭洲　神奇增家寨

没有梧桐树引不来金凤凰，没有灵秀地也成不了白鹭洲。

白鹭是一种栖息于近水边的鸟类，它轻盈纤巧，美丽纯洁，灵性十足。静止的白鹭像一种艺术造型，动态的白鹭如诗如画，优雅动人。

观全国，凡是有白鹭栖息的地方，均可称为风水宝地。因为鸟类对环境的要求与人类不同——人有故乡情结，而且耐力极强，生活环境变得恶劣也能够忍受下去，就像那些严重缺水地区的人们对故乡的坚守；但鸟类却对周边山林、水域、空气、食物的质量要求极高，它们不会苟且，似乎比人类更懂得诗意和远方，对环境稍不满意就会迁徙，去选择有益于自己的山川定居。

隶属于开原市黄旗寨乡的增家寨村，临近铁岭、清源，这一带气候宜人，山川秀美，灵气十足，自古就是著名的旅游景区。附近的老古洞和猴儿山，至今还留存着古代文人雅士吟诗作画的遗迹呢。尤其是清朝康熙大帝东巡时曾两次驻跸此地，留下了众多神奇传说，不但文人墨客心向往之，更引无数白鹭苍鹭来此栖息。

传说当年康熙大帝第二次东巡时，为了不忘先辈马上得天下的功绩，率众文武在增家寨村附近打猎，竟然一天射杀了三只猛虎。皇上大悦，决定再次驻跸增家寨。当时为撰写《扈从东巡日录》而同游的翰林院试讲高士林上奏皇上，说此地龙凤二山隔水相望，他夜观天象，发现“有凤来仪”，陛下会在此地纳一贵妃娘娘。

康熙爷龙颜大悦，问，如何才能寻得娘娘呢？

高答曰，此人与众不同，只要寻到“身骑土龙，头顶金冠，手托银砖”之人，此人便是。于是皇上派人按这一特征寻找。

听说在为皇上寻妃，增家寨周边村落的老百姓都跑来观看，人山人海。

当高士林带人寻到马姓村民门前时，发现一个满头黄疮手托青花瓷盘的女孩子，正骑在墙头上看热闹。他定睛一看，高呼：“娘娘在此！快来参见娘娘。”

众人不解。高士林手指墙头解释道：“土墙即为土龙，她头上黄疮乃为金冠，你再看那盘子里四四方方的水豆腐，不是银砖又是什么？”

村人笑道："这丫头经常出来捡豆腐，她不但一头黄疮惹人厌烦，说话也是晦气无比。人家金大力扛着大车过河，她见了就说'看不把你累死'，结果大力真就倒地身亡了；她见曹半仙坐着小板凳腾空漫游，就说'小心掉下来摔死'，这半仙立即掉地摔死了。这样令人避而远之的人，怎么会是娘娘呢？"

高士林大笑："这就更能证明她说话落地有声，是与众不同的娘娘身份了！如果漂亮，那还能等到皇上来了吗？赶紧把娘娘请下来，沐浴更衣觐见皇上吧。"哪知道，只有十五岁的马姑娘受宠若惊，竟然从墙头上摔了下来。奇迹也就在此刻发生了！那满头满脸的黄疮当即脱落，一位面若凝脂、黑发如瀑的美人儿出现在眼前，众人目瞪口呆。

被惊诧的岂止是这些先人，如今呀，凡是来过增家寨白鹭洲的游人，都会被这个典雅宁静、小桥流水、人鸟和谐共处的北方村舍惊艳得流连忘返。

看到此地，读者是不是觉得文章中"曾"和"增"混淆了？其实呀，我也是来此地后才搞明白两字区别的。话说当年在康熙大帝两次驻跸增家寨后，聪明的增家寨人怕天子饮水娶妃把这里的风水灵气也带走了，就在"曾"字前加了土字旁，变"曾"为"增"，成为如今的"增家寨"了。这回您了解"曾家寨"和"增家寨" 的叫法是因时间前后而划分的了吧？

到了二十世纪七十年代初，增家寨人忽然发现，增家寨不知何时来了一种罕见的水鸟，经常出没在岸边水草丰腴处。这些鸟们生有天鹅般美丽的脖颈，一双笔直细长的美腿仪态万方。它们羽毛洁白，体态轻盈，举止高贵。经查询得知，这就是诗圣杜甫之“两个黄鹂鸣翠柳，一行白鹭上青天”所描述的候鸟白鹭。善良淳朴的村民为这种灵鸟的到来兴奋不已，以超乎寻常的宽容与尊重对待它们。

受到礼遇的鸟们更为大胆，竟然在村人居家门前的凤地山山坡上筑巢安家，与村民成为邻居了。它们每天在村民生活区域盘旋嬉戏，往返觅食。

村民们没有嫌弃鸟们带来的不便，因为他们懂得，想要留住这些精灵，就得让它们按照它们自己的习性来生活。他们从不去打扰鸟们的生活状态，甚至还有意避让开它们出没的场所。几十年来，就连那些抓河蚌掏鸟窝的淘小子们，也从不去触碰那唾手可得的一窝窝白鹭蛋。

渐渐地，鸟儿多了起来，除了白鹭，又有苍鹭加入进来。每年惊蛰过后，在北国冰雪尚未消融之时，大批的白鹭苍鹭就衣袂飘飘地从遥远的南方翩然而至，在这片刚刚返青尚显干枯的老槐树枝杈间安家落户，潇潇洒洒地开始了新一年的繁衍生息。

增家寨还盛产冻梨，那是东北特有的果品。那梨子虽然看着不甚美观，但是吃到嘴里酸甜爽口，不但味道鲜美，还能解酒解油腻。

增家寨的冻梨制作讲究，在霜降之后，采摘下已经熟透的尖把梨，储存在铺着柞树叶的大缸或砌成的粮仓中，每铺一层梨子就垫一层柞树叶，封顶时还要铺上厚厚的树叶，困着。待天气寒冷后，这些梨子就变成冻梨了，颜色也由开始的黄色变成乌黑。吃时用冷水浸泡，缓化。化开后的梨子外面结一层冰圈，掰开冰圈，梨子变得柔软，果肉呈乳白色，细腻顺滑。吃时候只需咬破一点果皮，轻轻一吸，里面的果肉就全部被吸入口中，只剩下果皮和果核了。这时的梨子不仅没有鲜梨的酸涩，反而清香四溢。在清代，开原增家寨的冻梨曾作为贡品敬献宫廷呢。

在辽宁档案馆所藏的清代档案中，就有盛京内务府每年向北京宫廷恭送各种梨子的记录，除了鲜梨，还须有2625个冻梨。

要说冻梨成为贡品，这也是康熙第二次驻跸增家寨之后的事。当皇上品尝增家寨特产时，对冻梨和刺玫果拍案叫绝，当即下旨，将增家寨冻梨和刺玫果以及梅家寨的榛子、松山堡的山楂并列为开原四大贡品。从此，盛京内务府每年都要采集这些贡品进贡皇宫。

在东北民间，冻梨是冬季不可或缺的果品。东北人一般要等到杀年猪后餐桌上荤腥才多起来，吃完血肠、川白肉后，端上一盆解冻的冻梨，一家人围坐在热炕上吃几个，那叫一个美！周身舒坦。

近年来，聪明勤劳的增家寨人依托这里独特的自然风光和深厚的历史文化底蕴，建成了辽北唯一一处野生动物保护区。景区内“有凤来仪”的凤地山和巧夺天工的龙山隔饮马河相望。此河段因康熙大帝饮马而得名，水流潺潺，鱼儿悠闲，终年不冻。山上植被繁茂，品种多样，珍禽灵兽穿梭期间。山下是水草肥美的大片湿地，树木葱茏，芳草如茵。

我们住宿的满族风情民俗村的小木屋，室内古朴典雅，整洁温馨。冬季可以睡火炕，夏季有木床和吊床。野菜、木耳、蘑菇、土鸡等纯绿色食品任你挑选。远山近水，世外桃源般，这里是身处喧嚣尘世之人放松身心、回归自然的绝佳去处。春天里品着野山菜迎鸟来，盛夏时站在观景台上把照拍，秋阳下一路采摘送鹭去，冬雪中马爬犁上饮酒放歌笑开怀……

来过增家寨白鹭洲的游人，都会被这里自然祥和的天地大美带入物我两忘之境地。如果你想访古，当年康熙大帝两次驻跸此地留下的康熙井、安乐寺、鲫瓜台等历史遗迹尚存；如果你想探秘，老古洞、猴石山、小莫里红原始森林正等你去猎奇；如果你只想寻一片松风水月之地归隐山林，体验闲云野鹤般清闲恬静的生活，那就在良田溪水边租一老屋，喝着井水，驾着耕牛，赏着飞鸟，于云蒸霞蔚处谱写怡然自得的田园诗篇吧！

就在最近，白鹭洲近旁又发现了溶洞，规模之大，堪与本溪水洞比美，开发前景乐观。这又给这一宝地增添了神奇魅力。

增家寨一年四季皆有景，白鹭洲人鸟共处总关情。走进我最淳朴的白鹭洲，体验你最接地气的中国梦。

生活的诗意不只是远方的召唤，增家寨的白鹭洲正闪耀着光芒，等你来浅吟轻唱……

端午情思

走在街上，忽然发现平日里街边卖气球的流动商贩的小摊上，又多了一些五颜六色的小物件，那些花花绿绿的挂件吸引了不少叽叽喳喳的孩子，也有大人驻足围观。于是也心生好奇，过来仔细查看。原来，是挂了一些手工编织的小荷包，还有五彩线编的喜字、中国结等。想起最近街边又多了挑担子卖桑葚的小商贩，心里不觉一热，惊呼：哦！端午节又要到了！

看着这些多年没有见过的小物件，似乎身边即刻就弥漫开童年的味道，记忆的闸门也悄无声息地被打开。那些童年往事，便沐浴着故乡的月光，一幕幕向你走来，让你不自觉地去触摸，去回味。

记得小时候在乡下过节，家家户户都是提前好几天就开始张罗了。也许是那时候生活单调的缘故吧，每个节日都像一个盛典，大人孩子都很虔诚地为节日做准备。

要说端午节，那可算是大型的传统节日了，家家户户从五月初一就表现出节日的喜庆氛围来。除了准备包粽子的食材辅料，还要准备一些挂件彰显节日氛围。在那个清苦的年代，就连绸缎边角料和彩色丝线都难以找到，人们就用彩色的纸叠成葫芦、官印等挂件，悬挂在居室门口或孩子们床头。

端午节当天，人们在太阳还没升起来之前结伴去采艾蒿，回到家马上插到门窗框上。

除了包粽子，鸡蛋也是端午节必备的食品，蒸、煮、煎、卧必不可少。煮鸡蛋时，人们也会把艾叶揪下几片扔到水里，水就变成淡绿色，艾叶的清香就会慢慢渗透到鸡蛋里，那鸡蛋也就沾染了节日的味道了。

这一天，艾叶成了最惹人喜爱的宝贝，无论男女，早上起床后，都会揪下几片艾叶泡到洗脸水里洗脸。据说，这一天用艾叶水洗脸、沐浴，对身体极有益处，少年不长痘，成年不长斑，皮肤光滑细腻还不招蚊虫叮咬。如此多的好处，谁能忍心与艾叶水失之交臂呢？

很多家庭，五月初一这天就用五彩丝线拧成一股绳，给孩子们系在手腕上。节后第一个雷雨天，再把彩线剪断扔到雨水里。在那个贫苦的年代，就连五彩丝线也不是每个家庭都能给孩子的，所以，手腕上能被父母系上五彩线的孩子，一个个打心里美着呢。想来，小时候的快乐真的是一件很简单的事，又记得那么长久，让人一直温暖着，感恩着……

现在生活好了，那些老习俗又悄悄潜入了我们的生活，在给孩子们带来惊喜的同时，也让大人回味了走过的岁月。那些清贫而多彩的时光是我们来时的路，是成年后的我们对故乡对童年最浓的思念啊。

记得前些天，一位爱好摄影的文友上传一张打碗花的照片，只一眼，立刻就被吸引过去，那花朵让人感到无比亲切熟悉，忽然就想起了儿时听过的关于打碗花来历的凄美故事。就是这样一张随手拍来的照片，随即拉近了我与那位并不熟悉的文友之间的距离，原来，我们都有着相似的童年，都珍藏着同样的记忆呀。

如今眼前这些成了商品的端午节物件，又勾起了我对遥远的故乡和那回不去的童年的暖暖情思。

我想，那些与我一样为之驻足的成年人、视之而微笑的路过者，是否也会如我这般想起了记忆中端午节的味道呢？那些情，那些爱，那些眷恋，是否也会走进你今晚的梦乡，温暖你明天的生活，照亮你未来的日子呢……

照进心里的月光

我一直是喜欢静的人，进入中年后，越发排斥那些喧闹的场所。假日里，很多朋友喜欢在霓虹璀璨下，伴着美酒、咖啡、音乐，在喧哗而流动的群聚中度过。而我，宁愿约上三五友人去乡下，去仰望那宁静而高远的蓝天，呼吸那润泽而清爽空气，吃一顿纯粹的农家菜，夜宿农家小院儿，身心清爽，乐哉优哉。

待月亮悄然挂上树梢，便去庭院里漫步，也只有这时，你才能体会到真正的夜色。

当你凝望山与树构成的剪影，浮躁的心会变得沉静而踏实。置身这柴门虚掩的幽静之地，把自己融于水墨山水之中，能体验到一种超越红尘的恬静，身心皆轻。

坐在月华如水的庭院里，有蟋蟀在繁茂的葡萄架下谈情，青蛙在篱笆墙外葳蕤的草丛里说爱，偶有几声犬吠，从山影那边传来，拖着长长的回音，满是抒情的韵律。那柔和的月光，宛若天使的白色羽翼，轻柔地抚摸山峦、小溪、花草，暗香幽幽，潜入心扉，是一种贴心的暖，超然物外。那满院的清辉，能消散一切喧嚣尘世的繁复与芜杂，人的内心也变得明净悠然，纤尘不染了。

忽然就涌起一股说不清的情愫来，这洒满月光的院落，于我竟是那般亲切熟悉，缭绕于记忆里的时光之门也悄悄被开启了。在那个特殊的历史时期，不得已重返故乡的父母，每天都劳动到很晚才回到家中。那些有月亮的晚上，是他们心情最好的时刻。他们坐在洒满月光的小院儿中，偶尔悄声说着我听不懂的事情，多数时候，就那么坐着，不声不响，但看得出，脸色难得地平静安详。

今天，在这满院月光中我如梦初醒。原来，月光之所以比太阳更能照进人心，是因其滤去了阳光的炽烈，以一种更为柔和的光亮，轻轻地熨帖人们的灵魂。在那段难挨的日子里，就是这纯净的月光，抚慰了父母那荒凉的心，并让他们能以一种随遇而安的心态，等待黎明的到来。

微风吹醒旧日时光，树影筛出一帘幽梦。几个孩子沐浴在明洁的月光下，让妈妈讲嫦娥奔月的故事，还叽叽喳喳地指着潘冬子仰望的北斗星，再去寻找启明星、牛郎星和织女星……

忽然涌起一种想要流泪的感觉，那圣洁而遥远的眷恋，是我情感的源头啊！它只是被陷于世俗忙碌中的我搁在了不易察觉的位置，躺在那里酣睡着，当它无意中被这月光小院儿唤醒时，那些童年往事，便沐浴着故乡的月光，一幕幕向我走来，让我不自觉地沉入进去。故乡的一切，也随之越来越清晰，就连回忆，都带着月色的温柔。

不记得是谁说过：你在那儿出生，不能叫家乡；你在那儿生活过，不管多长时间，都不叫家乡；你在那儿有亲戚，不能叫家乡；有你实实在在的亲人埋在那儿，那才会被你视作家乡，你会刻骨铭心，永不忘记。

走过千山万水，经历百转千回，心中的天籁，依然还是那最初的原生态。正所谓“南人上来歌一曲，北人莫上动乡情”，你的每一段经历，无论你筛选保留，还是刻意忘记，它都可以在某一特殊的场景下复活。

原来，我们的人生，早已被一位神灵安排好了，他的安排就是我们的命运。所有的经历，都是你生活的一部分。你的人生之路，就是踩着这样的垫脚石，一步步前行。

我庆幸，在这个有月亮的晚上，又寻回了故乡那支清远的笛。

月光澄澈，流年似水，今夜，我愿在月光的抚慰下，安然入梦……

弯弯的小河　故乡的封面

故乡是根之所在，每当想起她，便会有一种感动发自心底，更会有一个画面出现在眼前。即便你去过世界各地，游过名山大川，那个画面却总会不由自主地浮现在你眼前，那是洗尽铅华后，你最思念的地方。

我的故乡留给我最深的印象，就是那条把小村子从西北两面半包围起来的小河。刚到乡下时，我和哥哥还小，刚上一年级的大姐每天都要经过那条小河去学校。为了给她做伴，第二年二姐就提前上了学。两个姐姐说，一想到那条小河，就会想起那个叫树晨的男孩子，因为经常会在桥边碰到脏兮兮的他。

妈妈便责怪道，那座歪歪斜斜的小木桥不安全，是树晨妈让他在那儿照看你们的。你俩还嫌人家脏，不和人家说话，真不懂好赖！那是在保护你们呢！

小河虽说不太宽，但有的地方很深，曾经淹死过人，所以爸妈是不允许我们去那里玩的。可是，那里河岸宽敞，树木茂盛，村里的孩子们都跑到河边去玩，我们又怎能忍得住呢？

在芳草离离的春天，河两岸的树上总有成群的鸟儿飞来飞去，男孩子们就用弹弓打鸟，打到打不到是另一回事。一个自制的、晾了两天才能干透的泥丸，以从弯弓而出朝大雕而去的姿势被射出去，惊得一群鸟儿呼啦啦飞起、盘旋，然后再惊魂不定地落到不远处的另一棵树上。打鸟，要的就是这种豪情与爽快。

等榆树钱儿长出来的时候，一嘟噜一嘟噜的榆树钱儿那么馋人。这时，年纪大点的男孩子就会爬到树上，坐在树杈上自己吃个够，也不忘折下几支丢给下面正眼巴巴望着他，嘴角早已经流出口水的小弟弟小妹妹们。大家一起享用这春天独有的美味，那是一种说不出的欢喜。

夏天放学后，男孩子们赶在女孩子前飞跑到河边，把自己脱得精光，一个鲤鱼打挺，跃进河水里游上一会儿。等女孩子们把书包送到家后再赶来，他们也爬上岸了。大家会拽几根浅水边生长的三楞草、四棱草，坐在地上编蝈蝈笼子，比赛谁编得又快又好看，然后再比赛谁最先抓到蝈蝈，谁的蝈蝈叫得欢。胜利者美在心里，笑在脸上，感到无限荣耀。

傍晚时分，大红的太阳撕扯着一片片一团团变幻莫测的火烧云，映照在碧波粼粼的水面上，偶尔还会有几只纯白的家鹅，迎着落日款款游动。再看那身姿绰约的柳树下，有羊儿悠闲地啃食青草。河里水流缱绻，岸边草木葳蕤，远处雾霭氤氲，那水天相连如梦似幻的场景，构成一幅动态的浓墨重彩的田园彩绘，那是一种来自远古的自然之美。也只有身临其境的人，才体会得到其中的悠闲与纯净。

记忆中，那条小河里青蛙特别多，但不是那种癞蛤蟆，它们长得干干净净的，后背有两条绿色的道道。它们总是在水边茂密的三棱草四棱草里跳来跳去的，叫声特别悦耳。夏秋时节，家家户户开窗睡觉，它们的叫声总会远远地传来，给静谧的乡村夜晚平添了一种韵律，小村便显出超然的空灵气息。

这里还有个习俗——正月十五这天多走动走动。旧时迷信，希望这样做能去掉身上的各种疾病。所以，元宵节这天晚上，当满月的清辉洒在银蛇蜡象般的北国大地上，世界变得天地合一时，那些门前高挂着大红灯笼的院子里，就会走出带着孩子的女人们。他们成群结队，说说笑笑地来到河边，大人只是在河面上走走，孩子们便你推我拉放开了疯玩。这个时候，再听不到大人唠叨什么“别摔着了”“别把衣服弄脏了”的话了，这是寒冷的冬季里孩子们最开心的时刻……

在故乡生活的那段日子，留给我数不尽的美好的回忆。前年，我们兄妹四人又回了趟魂牵梦绕的故乡，又喝到了家乡水，吃到了家乡饭，见到了一些曾经帮助过我们的人，了却了一桩桩心事。

真要感谢命运让我在故乡生活了几年，使我有机会聆听到自然的声音，体验到最淳朴的乡村生活，度过一段快乐的童年时光。虽然对一些人一些事的记忆已经模糊，但那条弯弯的小河，却犹如一本永远也读不完的史书的封面一样，深深地刻在了我的脑海里，清清的河水，早已融进了那滚烫的血液中。

记得三毛曾经说过：如果你心里还有情，眼底还有泪，那么，故乡就不会只是地理书上的一个名词。

故乡啊，从来不需要想起，永远也不会忘记……

从未忘记爱你

李工的爱人退休了，她想好好陪陪老父亲，就从弟弟家把老人接来照顾。

李工说，人真是越老越像小孩儿了，不但记忆力严重减退，性格也越发孤僻。

老人家来后，每天由女儿扶着到楼下小区花园坐一会儿，散散步，多数时候，他就倚在床上，对什么都不太感兴趣，只是看《新闻联播》的习惯雷打不动。他似乎养成了生物钟，即便是在睡觉，每天到了晚上七点，不用叫自己也会醒来，不声不响地打开电视机收看新闻。

李工还发现，老人不但看《新闻联播》，还很认真地看之后的《天气预报》。搞政工出身的老人，看新闻是多年来养成的习惯，这大家都理解，但全国天气预报他也看得津津有味，还做着笔录，这就让李工很犯合计。可当他想看看岳父在写什么时，老人家就故意躲开他，或者把本子合上。问他写什么他也不说。

李工和妻子开始觉得这老小孩儿好笑，就由着他去，可后来就感到有点可疑了，因为他戴着老花镜一笔一画写得很吃力，但每天乐此不疲。夫妻二人就趁老人睡觉时，打开了那个被他放在床头的大本子。

这一偷窥，二人都愣住了。原来，那是一本特殊的日记。

老人日记和普通日记相同的是，每篇开头都是记着当天的日期和天气情况，但不同的是，里面的内容全部是当天夜间到次日白天北京、上海、大连这三个城市的天气预报。

李工夫妇恍然大悟，老人的孙子、孙女、外孙女就分别在这几个城市工作，看来，老人家是在惦记着远在他乡的孙辈们呀！

这几个孩子们，大学毕业后都奔向了发达地区寻求发展，经过几年的打拼，虽然事业小有成就，但和家人聚少离多，有时过春节都无法脱身。虽然孙辈有两个已经成家，可为了事业都没要孩子，另一个三十岁了，却还是独身，这是老人的心病。

原来，这看似糊涂了的老人，心里还是明净的。他记录这些城市的天气预报，也许就是通过了解孙辈们所在城市的天气情况，来感知他们的冷暖；亦或许老人在翻看这些记录时，就好似看到了孙儿们在不同的天气里奔波忙碌的身影了。

李工说，老岳父今年八十一岁了，他大半辈子从政，几经政治运动，当过副市长，是从市政协主席位置上退下来的。

在本地，他也曾经算得上一呼百应、叱咤风云的人物了，但洗尽铅华后，过往的一切似乎都被他忘得一干二净，曾经的荣誉、地位都成了过眼云烟。如今，唯有这种血脉相连的亲情令他无法忘怀，那些远足他乡的孙辈，成了他长久的牵挂。

滚滚红尘中斗转星移，所有一切都充满了太多变数，但长辈对晚辈那无私的关爱、深深的牵挂、殷切的期盼、默默地祝福，是亘古不变的吧。

最近，电视里一则《打包》广告，不知打动了多少人。一位患有老年痴呆症的老人连自己儿子都不认识了，可当他在聚会的餐桌上看到饺子时，就拿起来直接放到自己的衣兜里。身边的儿子极为尴尬地问："爸，你这是做什么？"老人悄悄告诉他："我儿子最爱吃饺子了。"

屏幕上打出一行字幕："他忘记一切，但从未忘记爱你……我拿什么回报你，我那日渐老去的父亲！"这句话成了叩问心灵的独白……

能带走人的不是道路，是理想指引我们走向远方；能留住人的也不是房屋，而是那叫作家的房顶上飘动的袅袅炊烟。一棵长满枝丫的大树，根只有一个，他总是期盼着自己的落叶都能回到自己的脚下。

他乡游子呀，每当月华如水时，你可知道家乡亲人在凭栏远眺吗？你还记得母亲做的饭菜的味道吗？

看，炊烟已经晃动，那是家人在向你深情地召唤。

常回家看看吧，为那已到暮年的亲人期盼的眼神，也为将来有一天，你不会在他面前，流下后悔的泪水。

父爱巴旦木

巴旦木别名扁桃、婆淡树。唐书文中载：扁桃出波斯国，波斯呼为“婆淡树”。长五六丈，周四五尺，叶似桃而阔大，三月开花，白色。花落结实，状如桃子，而形扁，故为之扁桃。其肉涩不可啖，核中仁甘甜，西域诸国并珍之。

巴旦木是世界稀有物种，在中国也唯有新疆才能生长这种坚果，它与我家有着两代的渊源了。每次见到它，我就会想起父亲，那暖暖的父爱，便在身边弥漫开来。

我是二十世纪九十年代结婚生子的，也是在产后，才见到了被父母称为神果的巴旦木。

记得那时候，产后的我因昼夜照顾孩子休息不好而身体虚弱，后来落下失眠病症，消瘦，身体素质急剧下降，经常感冒。

我的状况父母看在眼里急在心上。母亲不但来帮我带孩子，而且常常给我炖排骨、鸡汤来增加营养，其他亲人也给我买各种补品调剂。可体重看着上来了，失眠症状却没有改善，身体素质仍不见好转。

看着日渐萎靡的我，父亲说：“想法淘弄点巴旦木吧，那个果仁救了我的命，对孩子也能有帮助的。”母亲说：“丁叔早就不在了，那么稀罕的东西哪儿找去呀？咱东北离新疆那么远，时差都好几个小时呢，哪去找熟人啊！”

父亲打个嗨声，没说话，我也认为那是可望不可求的东西，也就把这事放一边了。

半个月后的一天，母亲在我家厨房炖排骨，我刚给孩子脱下衣服准备洗澡，忽然听到有人急速敲门。我随口问了句：“谁呀？”就听到父亲掩饰不住的喜悦声传来：“老闺女，快开门！爸给你带来好东西了！”

一向沉得住气的父亲今天怎么会如此兴奋呢？我急忙拽过被子给孩子盖上，走出卧室开门。只见父亲手里捧着一个大包裹，如获至宝，孩子似的看着我笑。

我疑惑地问：“爸，今天咋这么高兴啊？你拿的这是什么呀？”

父亲把包裹往我怀里一塞，一字一句地说：“巴——旦——木！”

这时，母亲也从厨房出来，探过头问：“什么？你搞什么名堂呢？”

父亲一脸神秘，向母亲招手道：“快过来快过来，你看这是啥？看看，还记得不？”

母亲满脸狐疑，手拎着锅铲就过来了。我和母亲拆开包裹，见里面是个半截的小面袋，装着一种坚果，可既不是杏核也非桃核。就在我愣神时，母亲啊了一声，她瞪大眼睛看着满脸堆笑的父亲说：“巴达木！天哪，你真淘弄来了！这是哪儿弄来的呀？”

父亲故意板起脸，严肃地说：“错了，不是‘巴达木’，是‘巴旦木’！咱这么多年都给叫错了，大概是丁叔这个老山东人发音不准，咱们就跟着山东味儿叫错了，也怪咱没考证考证。”

母亲两眼笑成了一条缝，她抓起一把坚果看着我说：“老闺女，这可是稀罕东西啊！这回可好了，你爸那年得病差点要了命啊，多亏这个调养身子才起死回生的。那时候一起得病的死了不少人呢。”

二十世纪六十年代初，当时我家还居住在抚顺，那时在抚顺等几个城市流行黄疸型肝炎，由于当时医疗条件差，没有特效药物，只能简单消炎处理。当时政府也没有认识到病情的严重性，没能有效控制，致使病情蔓延，出现了一些死亡病例。当时我大姐三岁，二姐不满周岁，母亲既要照料两个不懂事的孩子，又要伺候生病的父亲，还要想方设法给父亲增加营养。

当时我家隔壁住着一对无儿无女的丁姓老夫妻，丈夫是位腿有残疾的退伍军人。那时候还没有自来水，各家各户都要到街道公用的一口水井挑水吃。年轻的父亲每天给自家挑完水后，总是多走一趟，给丁爷爷家挑两桶水回来，这就够老夫妻用一天的了。丁奶奶也很喜欢我的两个姐姐，常常过来逗她们玩。母亲说："那时候身边没有亲戚，丁婶可帮了我不少忙啊，真是体验到远亲不如近邻的情意了。"

看着父亲面色蜡黄，病情越来越重，母亲很担心他有闪失。她哭着对丁奶奶说："听说这病已经死了不少人，连主治医生都没法子，告诉我他想吃啥就买点啥吧。婶子，你说我和孩子可怎么办啊？"

从不爱说话的丁爷爷说："孩子，你别怕，我在新疆当兵时见过一种坚果，被当地人说得神乎其神的。说古代有个公主得了重病，人也变得不像样子了，被误以为是精怪，连夜把她沉到叶尔羌河里，想让她顺流漂走，带走晦气。没想到病公主被一个穷小子发现救上岸，还把她背回家，给她喂点米汤稀饭，每天让她吃几粒家产的坚果。就这样，公主还渐渐有了精神，一个月后病就好了，两个月后面若桃花，比原来还好看了。后来这种奇异坚果就被人当宝贝珍视起来。我已经给老战友写信了，求他们给寄过来点儿。"

听了这话，母亲像抓住救命稻草一样激动地说："丁叔，谢谢您找这神果救他，我们夫妻就给您做儿女吧！”

丁奶奶拉起母亲的手说：“孩子呀，我们早就把你俩当儿女了。你叔说呢，这一年四季风雨不误地给挑水，别说邻居了，就是亲生儿子也难做到啊！所以，他病了我们也急呀。——这东西珍贵，你叔不想声张，老战友也一直没联系，不知道能不能淘弄到，就没事先和你们说。”

那次丁爷爷发出了四五封信，二十几天后，就在大家渐渐失望之时，终于收到了来自新疆的神奇坚果。父亲积极配合医生治疗，坚持每天吃十粒以内坚果调养，真的渐渐康复了。后来又有了哥哥和我，我们两家相处得更像一家人了。

时隔多年，在自己的小女儿身体有恙时，父亲又想起了当年的救命坚果。

因为父亲在铁路系统工作，他就很自然地想到了火车的四通八达。又由于本地没有直通新疆的列车，他就找到进京列车乘务员，请他们帮联系北京通往新疆的列车乘务人员，几经周转，终于淘到了这种神奇之果——巴旦木。

手捧盛满浓浓父爱亲情的坚果，我只想好好按照父母的叮咛去做，每天吃七八粒，快快把身体养好，别让他们再为我操心了。我们做子女的，也只有首先照顾好自己，才能有能力回报父母这份养育之恩。

后来我查找资料得知，巴旦木主要产在天山以南喀什绿洲的疏附、莎车、叶城，是世界著名干果之一，被称为“活化石”。它味美甘甜，营养价值比同重量的牛肉高出六倍，含有百分之六十左右的植物油，还含有十八种微量元素。巴旦木是维吾尔人传统的健康食品，具有安神、开窍、健脑、名目、润肠健胃等多种功效，治疗失眠效果显著，长期食用能增强身体免疫力。

如今，随着巴旦木在当地的大量种植和当地生活水平的不断提高，当地人已经研发出多种巴旦木的食用方法，并将此坚果销往全国各地。现在无论餐桌上还是几案旁，都能看到巴旦木的身影了。

现在，我常常从超市里买一些炒熟的巴旦木回来，轻轻剥开外壳，把一粒心形的巴旦木缓缓放入嘴里，就在那满嘴留香中，深深品读那份浓浓的父爱深情……

我的母亲

母亲离开我们十几年了，关于母亲，我一直有很多话想说，可不知从何说起。

我的母亲是既平凡又出色的女性。说她平凡，是因为她和那个年代大多数的母亲一样，以相夫教子操持家务为己任，没有什么值得炫耀的业绩。说她出色，是因为在家庭处于危难之时，她一个弱女子能挺身而出，成为一个家的脊梁。她克勤克俭，自尊自强，以实际行动为儿女们树立了家庭主妇的光辉典范。

1963年夏，母亲带着三岁的大姐和还在怀里抱着的二姐，随工作调动的父亲由沈阳来到抚顺。这年刚入冬，抚顺市大范围爆发黄疸型肝炎，父亲也染了病。由于当时医疗水平有限，医生对母亲说：“回家吧，实在没什么办法了，他想吃啥就买点啥吧。”

这就是下了死刑判决啊！看来西医束手无策了。可母亲不相信父亲的病就无药可医，她不能让我年轻的父亲就这样走了。她说："西医没办法，那我就找中医！"

母亲把两个女儿送到托儿所，给病弱的父亲喂完饭就走出家门，到处打听能医治肝病的中医。由于刚来不久，这时的母亲对抚顺市的环境还处于陌生阶段，又没有亲朋帮忙，她只好沿街排查，一个街区一个街区的寻访。

当时我家住的房子还没有接上自来水，以前所有用水，都靠父亲到两百米外的一个公共水房挑回来。而今，这副实实在在的担子落在了母亲这个柔弱娇贵的独生女肩上了。抚顺的冬天气温多在零下二十几度，冰天雪地，怀有五个月身孕的母亲挑水时滑了一跤，流产了。可所有一切，她只能自己默默承受，还要强打精神照顾病榻上的丈夫和两个幼小的女儿。流产后的母亲没有休养一天，寻医问药的脚步也没有一天间断，她要与时间赛跑，要从死神手里夺回丈夫。

雪上加霜的是，老家又发来电报，奶奶病重了。怕给父亲增加精神负担，母亲决定隐瞒下来，她给老家亲人写信解释，又在每月寄给奶奶的生活费外汇了些钱回去。更想不到的是，由于母亲刚参加工作就连续请假多日，单位领导委婉地辞退了她。

后来母亲说，当时除了你爸的命什么都是次要的。你奶奶那里以后可以解释，工作没了还能再找，可你爸要是没了，家就垮了，我必须保全这个家。

母亲到底用她顽强的信念和不懈努力，在寻医问药的第二十六天，找到了一位已经多年不行医的八十三岁老人，他用家传秘方挽救了病入膏肓的父亲。

父亲常对我们说：“你妈可是咱家的功臣哪，就连我这条命，都是她给捡回来的，否则就没有你们小哥俩了。”

可好日子没过几年，在那场共知的政治运动中，父亲被打成“当权派”接受审查，后期又被隔离，不许与外界接触。当时的我还在吃奶，已经换了新工作的母亲独自带着四个孩子，越来越重的生活担子全部压在她一个人身上了。那时候，“当权派”家人就像二等公民一样不受待见，母亲忍受着身边人的白眼，想方设法打听父亲的消息。她说，政治立场我搞不懂，但我相信自己丈夫，他工作认真，为人正派，不会有大错。

有一次，母亲半夜被孩子们的哭闹声惊醒，见我和哥哥呕吐不止，她自己也头晕得厉害，刚爬起来就摔倒了。读过高中的母亲断定，这是煤气中毒了！在我父亲不在家时，房门和院子大门她总是锁了一道又一道，一家人死在房内都不会被发现。

这时的母亲内心极为清醒，知道必须敞开门窗才能保住母子五人的性命，腿不听使唤，她就向房门爬去……

不知过了多久，母亲被马路上的汽车喇叭声惊醒了。初春的寒风吹得她浑身僵冷，这才发现，只穿着内衣的自己竟然斜卧在门槛上，手和额头都划破了。

母亲说，在打开门锁的瞬间她就晕过去了，但却本能地用头顶开房门，使得倒下去的身体支开了挂着门弓子的房门，室内空气得以流通，救了一家人的命。

虽然襁褓中的我还没有记忆，但穿过遥远的时光隧道，我的脑海里总会出现一幅画面：一位母亲横卧在门槛上，用单薄的身体为子女们撑开一条生命通道……母亲的力量在那一瞬间迸发出夺目的光彩，人性的光辉也在此刻定格。

1970年，父亲被下放回老家。当时有人劝母亲和父亲离婚，划清界限保全自己。父亲也有意让母亲留下，因为母亲曾因流产落下一身的病，身体不能适应乡下更为艰苦的生活环境。父亲想用离婚来保住我们母子的城市户籍。

可母亲却说："我们是一家人，什么都不能把我们分开。你是孩子们的父亲，孩子成长不能缺少父亲的影响。"她毅然打点行李，全家人一起去了父亲老家。就这样，乡下成为我记忆起始的地方。

在那个清贫的年代，青黄不接时连吃饭都成问题，可每当家里来了乞讨者，母亲还是会从仅有的一点食物中匀出一碗给他们。母亲说，仓廪实而知礼节，衣食足而知廉耻。不到万不得已，谁都不会拉下脸讨饭的，饥饿会导致疾病甚至危及生命，我们一人少吃几口就成全他了，人在难处，都帮一把。

无论生活多么艰难，母亲总是把全家人收拾得干净体面，让我们清爽怡人地走出家门。那时，一家人所有穿戴都是母亲一针一线缝出来的，她会把大人穿破的衣服重新裁剪翻新给孩子穿。

因为我在家里最小，我的衣服鞋子几乎都是母亲用不同色彩、质地的布料拼接而成的，甚至一双小小的鞋面，都会用上两种颜色的布料。母亲总是想法在给我翻新的衣服上绣几朵花，几只蝴蝶、蜻蜓，或者把拼接处裁成弧形、半圆形、锯齿形，偶尔也镶嵌一道花边，使拼接处显得活泼可爱。这样穿出去，得到很多人的夸奖和效仿，我不但没觉得寒酸，反倒是美滋滋地将衣鞋示人呢。

母亲时常教育我们："树有皮人有脸，人活一口气，必须自尊自爱，要把最光彩的一面展示给人。遇什么事，就按照应当的方式去处理，别人怎么看咱是别人的事，咱自己不能瞧不起自己。"

直到母亲去世前卧床阶段，她也总是要照照镜子，用那双无力的手捋顺稀疏的头发，甚至拿眉笔轻轻勾画一下眉尾。

母亲就是这样一位既非凡又普通的女性，无论做人还是持家，她一直身体力行地影响着我们，甚至还影响到我们的孩子，因为孩子们都是她帮着带大的。

我总认为，母亲的为人处世风格影响了我们整个家族。我也总是记得她的话：做人要有原则，别说什么世风日下，人心不古，我们老百姓只要管好自己和家人，一切就都好了……

人生无时不精彩

是路它就免不了沟沟坎坎／就看你怎么去闯每一关／活出个样来给自己看／千难万险脚下踩／啥也难不倒咱／只要你心中有情有爱／风里走雨里钻／刀山雪岭也敢攀……

《活出个样来给自己看》这首歌曲已经有一些年头了，现在听来，它的曲风也许只能用“高亢、激昂”之类的词语来形容，歌词也不够唯美，可就是这样 首歌，每次听到都能令我出神，让我想起父亲，想起那个我要顶礼膜拜的男人。

成年后，我一直感谢父亲把我们带回故乡，因为正是故乡那段艰苦岁月，沉淀为我童年记忆的闪光点。我总是想，如果去掉乡下生活那段日子，似乎自己就没有了童年，也同样没有了故乡。正是那几年栉风沐雨的生活，使我们可以在举杯邀明月时，咀嚼乡愁的隽永，让我们能够在低头思故乡时，感恩亲情的博大。

我父亲是祖父老年得的老儿子，念过私塾的祖父懂得惯子如害子的道理，所以对父亲一点也不宠溺。他有空就教父亲习字读书，不好好学还会打手板，这点算是祖父对父亲的偏爱。后来，父亲又进学校念了几年书，接受了正规教育，十七岁就当上了副村主任兼民事调解员。可父亲不甘心委身于落后的乡下，总是向往外面的世界。

后来，铁路系统来乡下招收民工，父亲便辞去了人人羡慕的职位，随人家修铁路当力工去了。

经过几年的苦苦打拼，父亲在两万余名民工里脱颖而出，成为一名正式铁路工人，后来又走上了一个二等车站的部门负责人的工作岗位。

由于父亲的直爽性格得罪了人，又因他字写得好，时常帮人家刻宣传单、誊抄大字报，落下了把柄，被打成“当权派”，1970年全家下放回老家。那是他人生遭遇的最大的一次打击。

当时乡下还没有幼儿园，大姐刚刚上小学，二姐、哥哥和我无人看管，身体本来就不好的母亲从此做起专职家庭主妇，生活重担全部落在父亲一人身上。

曾经风风光光回家探亲的父亲，这次携妻带子灰头土脸地回来了，冷嘲热讽从四面八方袭来。可为了养活一家六口人，已经多年没干过农活的父亲还是挺起腰杆直面现实生活。

他从来不舍得耽误一天工，干起活来也不甘落后。为了多挣点工分养家，他就向大队长申请到大车队当车把式。队长怀疑他是否能驾驭好马车，更主要的，也许是怕他挣了自己的风头，因为父亲有文化又见过大世面，俗话说瘦死的骆驼比马大么。但转业兵出身的他还是比一般老百姓更开通些，他说："只要你能把那匹枣红色的儿马子驯服了，我就让你去车队，还让你当队长。"

谁都知道，那匹已经长成两年的儿马子脾气大得瘆人，一见有人走到身边就连蹬带踢，所以一直散养着。可父亲却出乎意料地答应驯驯它试试。

从此，父亲每天抽空给马喂食，细心观察那匹马的习性，半个月后，基本摸清了马的脾气。当父亲打算给马套马鞍子时，那匹马就像受到惊吓一样，高高抬起前蹄乱蹬乱刨，还嘘溜溜叫个不停，引得其他牲畜也跟着惊慌骚动。

有人好心地劝父亲说，那畜生跟野马一样，那些个老车把式都没人肯碰它，你也别去找苦头吃了，伤了自个儿不值得。但父亲却说，这畜生肯定能驯服，养得膘肥体壮的闲着多可惜，我就不信，人还调教不了这家养的畜生了。

就这样，他今天三次明天五次地慢慢试验，一周后，当父亲打算把那匹枣红马往车上套时，很多人都围拢过来看热闹。

不知道是年幼的我记事太早，还是长大后发挥了想象空间，反正父亲驯马的场景总是鲜活在我的记忆深处。那天的场景和斗牛场有些相似。父亲威严地拉着上好马鞍的马走向场地中央的马车，那枣红马开始一声不吭，可父亲刚把它往车里送，它就开始反抗。只见它暴躁不安，高高跃起前蹄，仰头嘶鸣，然后四蹄乱蹬乱刨。

众人吓得退到远处观望，只有父亲死死抓住马缰绳不放手，他就像一个斗牛士一样，只身与那匹高头大马在场地中间对峙、周旋。几个回合后，父亲的鼻根被那匹马踢出了一道两厘米长的口子，鲜血湿淋淋地染红面颊、衣襟。看热闹的人们都吓坏了，他们大声喊父亲快松手。可父亲就是不妥协服输，固执的他孤身与那匹高头大马对抗着。那场面就仿佛拳击场上的一对搏击手，双方不仅是在较量技术，更是在比勇气，比耐力，比战斗精神。在场的人们屏住呼吸，瞠目结舌地观赏这场人与马的博弈。

半个小时后，紧张的气氛渐渐平息下来，当父亲把那匹高头大马老老实实地套在马车上时，经久不息的掌声和叫好声也从四面八方响起。

记忆里，当时的父亲就像一位凯旋的大将军，他手持马鞭，昂首挺胸，气宇轩昂地傲立于场地中央，威严与自豪是他此刻的光芒，遒劲与沧桑是他内在的力量。他用一个男子汉的英勇与顽强，在人生走入低谷时刻，上演了一幕惊心动魄的“血染的风采”。

三十年后，父亲已经去世，我们兄妹四人又回了趟老家。虽然那幢叫作家的老房子早已了无踪迹，那些刻在脑海中的童年记忆都也满目疮痍。但老乡邻相见，他们说得最多的还是我父亲，还指着我们给他们晚辈讲父亲当年驯马的故事呢。

自从父亲制服了那匹枣红马，当地那些曾经瞧不起他的人也开始对他另眼相看了。因为他们亲眼见证了这个男人还是当年那个有勇有谋、敢作敢为的大丈夫。乡下的民风是淳朴的，他们看的是人的品行和能力，而不是看他们一知半解的政治立场、身份派别，所以，父亲又赢得了家乡绝大多数人的认可和尊敬，邻里间有什么大事小情都来找父亲商量，谁家和谁家闹矛盾了也来找父亲做说和人，青年人结婚，还找父亲给主持婚礼呢。

后来，我们四个孩子陆续到了学龄，又给家庭经济增加了负担，父亲就开始钻研瓦工技能，从给人家义务修缮房屋开始，手艺慢慢练成、传开，就有人慕名来找他给盖房了。他又以瓦工的手艺挣钱贴补家用，使得四个孩子都能顺利上学读书了。

1977年，公社要建一座钢筋混凝土的大桥，书记就把当地几个有点名气的瓦工叫到一起，拿来图纸拿给大家看。可那时的瓦工都是凭经验干活，他们对那些条条框框、目录说明根本看不懂。父亲就把图纸拿回家用心琢磨，再根据以前见过的桥梁样式以及平时积累的经验理解了大概。就这样，他们开始了跨度二十米的钢筋水泥的桥梁建造。以前这样牢固的桥梁还没有过，这在当地算是一件很有纪念意义的大工程了。

可就在众人兴高采烈庆祝新桥梁开通的时候，父亲却惋惜地说："这么一个像样的大桥没名字不像话，两个光秃秃的桥墩上应该刻上桥名和建造时间，那才够完美，也有纪念意义呀。"公社书记就说："既然这话是你说的，那就交给你办吧，你的毛笔字不是很好吗！"

父亲急忙摆手说不行。书记说："咱们请不起人，本地也没有这样的人才，你就再试试吧。咱们三十六拜都拜了，哪能就差这一哆嗦呢？这是公社的脸面，可不能让人家笑话咱没文化。"

话都说到这份儿上了，父亲就去公社办公室要了一些旧报纸，回家用毛笔写下满意的字，再用剪刀剪下来，又找来细沙土，在院子里用沙土和泥抹平，再把剪下的字铺在上面，划下边缘，然后用铲子、小刀一点点雕刻。

那几天，他整天顶着烈日蹲在院子里勾勾画画，抠抠刨刨，一次不行两次，两次不行三次，五次，十次……终于雕出满意的效果时，父亲才庄重地把那桥的名字和建造时间刻在桥墩上。到此为止，建桥工程圆满结束，乡人惊叹父亲是个能文能武的全才。

那次重返故里，我们还特意去看了那座家乡桥，绕着它徘徊了好长时间。虽然那桥现在看起来老旧窄小，但它在我们的内心却是无可替代地庄严。这里，不但洒下了父亲辛劳的汗水，更保留了他老人家珍贵的笔迹呀！因为，也只有这些记忆中的参照物，才能唤醒他乡游子深埋在内心的乡情。看着桥头那熟悉的依旧清晰可见的字迹，父亲当年在小院内蹲在地上专心刻字的情景，似乎又清晰地出现在眼前……

父亲在困境中不消沉不萎靡，他心中装着亲人，肩上扛着责任，像信徒那样心无旁骛地趟过一道道沟沟坎坎。在无人欣赏时，他能活出精彩给自己看，把人生这出没有彩排的戏，演得异彩纷呈，唱得有滋有味，有声有色。

感谢父亲，他在我们接受教育的最佳时期，身体力行地感染了我们。他把尊严和勇敢的种子深植于我们内心，使子女们在今后的生活中，能勇于面对不期的挫折与挑战。

我还想说的是，那次归乡，我们不但体验到儿童相见不相识的情景，更有一种距离感和陌生感在内心滋生，因为除了那座小桥，我们再也找不到记忆中的影像了，脚步迈得越来越虚浮。回来后我常想，如果有一天家乡真的变化得天翻地覆，那游子们还如何去追寻童年的记忆，如何去抓住记忆的影像，如何去释放那满满的乡愁啊……

明月挂在天边，乡愁举在头顶。岁月的风尘，让我们渴望有个随时可以安歇的故乡来守望；故乡的生活，让我们见证了父亲于人生低谷时活出精彩的刚强！

一个男人，一帆风顺可以让他展露魅力与才华、能力与气度，而身处困境，更能体现这个人的内涵与胸襟、精神与风貌。

父亲是我们的骄傲，他身处没落境况中时仍能活出心底的宽阔，活出生命的意义。

我总认为，父亲身上具备一种与众不同的气场，一种高贵的气质。那，也许就是人性的光辉吧。

永远的亲人

那个已故的男人，我叫他大舅，他是我母亲没有血缘的弟弟，也是除了姥爷和姑姥外，我见过次数最多的母亲的娘家人。

小时候，家里来了客人，我们都愿意留在父母房间旁听。因为我最小，所以有更多的机会依偎在母亲身边，听父母和客人之间嘘寒问暖，叙旧说今，从中了解到自家和客人的关系和客人来家的事宜，渐渐地也学会了待客之道。

可客人中有个例外，就是这个大舅，我总是对他敬而远之。在我小时候，他从不叫我名字，见面就喊我老丫头，直到结婚后才改口叫我老外甥女。

儿时的记忆中，大舅身高体壮，说话大嗓门，笑起来肩膀随着笑声颤抖，走起路脚下咚咚响。他自己说这叫虎虎生威，男人应该站如松，坐如钟，行如风。这么说时，他昂首挺胸，下颚下压，眼睛射出逼人的光芒，吓得我直往母亲身后藏。母亲就不无嗔怪地说：这个大虎啊，你可是舅舅呢！他便嘿嘿地笑，肩膀又开始抖个不停。他那神态，像极了戏台上端肩膀、迈方步、撩着胡子哈哈大笑的大花脸，让小孩子感到怕怕的。

不知是他的外貌震慑住了小孩子，还是他故意拿出娘亲舅大的做派镇住了我们，反正只要看见他来我家，我和哥哥姐姐就都很乖地上前叫声大舅，然后尽快逃离他所在的房间，不是吃饭或者父母叫，绝不去他的身边逗留。

饭量惊人的大舅

我对大舅印象最深的是，他太能吃！

记得我上初中时候的一个周日，母亲忙了一上午，包两大蒸锅的饺子，那准备的是我们全家六口人的两顿饭。第一锅刚起锅就听有人敲门，我开门见是他，就叫大舅。他没理我，却吸吸鼻子嘿嘿地笑。

母亲就笑着说："不怪你姐夫说你是福将，傻人有傻福，这正赶上吃饺子，快过来。"

他笑着说，是陪一个村子的人来精神病院住院的。当时省精神病医院在我们市。办完入院手续，别人逛街去了，他就跑来看看姐姐和姐夫，没想到这么有口福。

母亲把第二锅饺子码在蒸帘上就进屋陪大舅说话。可第二锅还没蒸好母亲就出来急着忙活，我说：“妈，你去陪我大舅吃吧，我能行。”母亲说：“我哪能吃呀，你大舅一个人吃还不够呢！”第二锅饺子端上不久，就听母亲笑着说：“能吃你就都吃了，下午我再包。”大舅说：“不吃了，你和老丫头忙一中午还没尝着呢，给你们娘俩留几个。”

他走后我才进屋，看着还不到一盘子的饺子惊讶说：“这也太能吃了！听他的口气，剩下这几个还是特意给咱留的呢。”母亲笑着说：“你大舅从小就饭量大，有顺口的就更放开了吃了。”

母亲就给我讲大舅小时候的事，说第一次见到他就领教了他惊人的饭量。

母亲说，大舅第一次来我家时才十二岁。平时母亲每顿只做半锅饭就够全家吃了，他来了母亲就做一满锅饭。吃饭时他自己拿个二号碗盛，连吃了三碗，还眼巴巴瞅着饭锅。看他样子好像没吃饱，母亲就又下了一大碗挂面，他端起碗又都吃了。母亲说，当时把她吓坏了，就对大舅说别撑着了，家里有细粮，让大舅多住几天，她天天给他做大米白面吃。大舅说撑什么呀，再有他还能吃。父亲就对母亲说：“你再蒸一大锅馒头给他当零嘴儿，让他使劲吃，只要不撑肚皮就行，我看你这小山东儿到底能吃多少！”

大舅却笑着说：“姐夫你信不？我能把你吃得养不起孩子。”

父亲说：“你小子别吹牛，我粮本有余粮，手里有粮票，你管够造吧。”

母亲真的每天蒸一锅馒头给大舅做间食，他也不客气，抓个馒头用手捏吧捏吧，实成了再放嘴里。一天三顿饭除外，这一锅馒头也全给报销了。

那时候按人口每月供应粮食，当时还没有我，哥哥姐姐很小，吃得少，父亲常在单位食堂吃饭，所以家里每月都有些余粮。见他这么能吃，父亲就把攒下的余粮都买回来。大舅心里有了底，在我家住了半个月，人胖了很多。

大舅临走时，父母把积攒的六十多斤粮票都给他带回家去。父亲对母亲说：“这孩子比我们单位干体力活的大小伙子都能吃，以后体格肯定错不了。”可母亲却哭了，她对父亲说：“我爹半路捡俩儿子，光顾这两张嘴就够他受了，这儿子养得实在太不容易了。”

特别有主意的大舅

母亲是独生女，她结婚一年后我的姥姥就去世了。后来姥爷没通知母亲，就娶了带着两个儿子的寡妇。也许是姥爷怕母亲反对，也许是离得远姥爷又不会写信，反正母亲不知道这事。

可这个女人和姥爷只生活一年，就扔下两个未成年的孩子去世了。当时大舅十二岁，二舅才五岁。姥爷说：“既然两个孩子叫我爹了，我就得拿他们当亲儿子养。这都是命里注定的，该着我给人家养孩子。”

姥爷曾说，大舅从小就淘气，还胆大有主意，常和小孩儿打架。母亲说这个应该是遗传，他生身父亲当年是胡子头儿，他能不野么。

在大舅的母亲去世后，五岁的二舅整天哭闹不停，大舅烦，就说要去抚顺认姐姐。姥爷不同意，他却反驳说：“早晚得见面，我姐带一帮孩子离不开，我就找上门去。他们两口子都是文化人，不会不认我这个弟弟。”就这样，十二岁的大舅拿着信，自己走了十二里乡路，坐了三个小时的汽车来到县城昌图车站，又转乘火车到沈阳，再从沈阳转火车来到抚顺。路上用了一整天的时间。

他有底的是，父亲就在火车站工作，他下了车就喊父亲名字。工作人员问他干什么，他说：“我是他小舅子，找他。”人家就把他领到父亲办公室，说：“你小舅子找你。”刚要下班的父亲以为开玩笑，没理会，他却站到父亲面前张嘴叫姐夫。

父亲说，当时见个剃光头背几把笤帚的黑小子站在面前，还满嘴山东腔儿，一看就是个小逃荒的，就说：“你认错人了，我媳妇没弟弟。”他就把父亲亲手写的信拿出来，又说了来龙去脉，父亲这才相信，把他带回家。打那开始，母亲就每年给他们兄弟做衣服做鞋了。

母亲还说，七十年代初粮食不够吃，已经在生产队干活的大舅和姥爷打声招呼，就自己跑到内蒙古去了。他也没个准确目标，更没有熟人照应，一年半载写封信报个平安，这才知道人还活着。

他在那里待了五年后，我姥爷急了，接到他的信马上求人给拍电报，说再不回来宁可把家扔下也去找他，快三十岁的人了，得回家娶媳妇。就这样，第二年他回来了。

从大草原回来的大舅变得黑铁塔一样，嗜酒如命，脾气越发暴躁，话不投机就拌嘴，打起架来谁都不服。姥爷求人给他介绍媳妇，抽烟喝酒的他却总挑三拣四，条件稍微好点的看不上他，条件差的他还看不上人家。

母亲见到他就劝，说年纪不小了，总不能整天毛毛躁躁的，别挑三拣四了，你有了老婆孩子，老爹也就安心了。

他说：“姐姐，不瞒你说呀，你兄弟心长草了，回家就惦记那大草原，在那边还整天想家想老爹，看着满天星星一宿一宿睡不着。现在你兄弟没心思找媳妇，说不准哪天就待不住我又走了。我现在就想跟老爹在一起，过一天算一天。”

母亲说不成家哪行，就劝他戒掉烟酒，说女人都烦这个。他说，汉族女人不是这事儿就是那事儿的，蒙古女人就不在乎这个。姐姐你不知道，那大草甸子真是天苍苍野茫茫，一眼望不到边儿啊，上百里地没个人家，所以呀，草甸子上的男人离不开烟酒。喝酒壮胆儿保暖，抽烟解闷儿驱蚊子，这几年，全凭这两样东西支撑了。戒是戒不掉了。

大舅的婚事解决不了，这成了姥爷和母亲的心病。后来他笑嘻嘻地说："老爷子你就放心吧，我在上荒（对人烟稀少的草原的一种叫法）有女人，还有儿子呢。"可母亲和姥爷都不相信他的话。

等姥爷年纪大不能再帮大舅干活了，父亲就说要把姥爷接到我家来。大舅红着眼睛说："姐夫你这么做就不对了，你想孝敬岳父我明白，可你得替我想想，你把老爷子接走了别人咋看我？人家不说你这个姑爷有孝心，会骂我这个养子不养活老爹，你这是害我不仁不义！"

听他这么一说，父母就随了他的心思。但每年冬天最冷时候，父亲都把姥爷接我家来住上个把月。可姥爷来了总是想家，说他不干活也能帮大舅看家望门，他回到家也有个说话的人，家里更有个热乎气儿。父母总留姥爷在我家过一个春节，感受感受城里过年的气氛。可姥爷却说："那哪行，我可不能扔下你兄弟一个人过年！"

琢磨不透的大舅

姥爷活了九十一岁，他走在了女儿女婿的后头。我父母先后去世的事一直隐瞒姥爷。我们兄弟姐妹几个曾在一起商量过，说大舅对姥爷不错，等姥爷没了就把大舅接来，把父母闲置的平房给他住，大家随便帮一把就成全他了。可姥爷去世后，我们跟大舅有了隔阂。

姥爷家很偏僻，很多没文化的老年人异常忌讳火化，所以老人去世都不声张，偷偷打棺材土葬。那时正赶上哥哥去给姥爷过生日，见姥爷病重很危险，就没走，次日姥爷就离开了。

姥爷去世时，二舅过去看看就没影了。他从小就不爱说话，一直是只顾自己的人，结婚后和母亲几乎都不联系了，我们对他也一直没有对大舅亲。

因为乡下流动人口极少，又考虑到城里来陌生人影响大，哥哥就没有通知我们，他在几个亲邻的帮助下一手操办了姥爷的后事。

我哥回来和我们说，那几天大舅总是溜边儿，遇事一声不吭，啥态度都不表。别人说他不出头是怕花钱。我哥就说："大舅我不用你拿钱，但是我不懂规矩，你得指点我咋办。"可他还是愣愣地看着我哥不吭声。我哥来了脾气，索性不再问他，求邻居给雇一个办丧事的司仪，按人家的指点料理了姥爷的一切后事。临回来时，我哥在当地摆了几桌丰盛的酒席，答谢全体参与给姥爷送葬的亲邻。

姥爷去世后，我们就和大舅没有往来了，虽然偶尔会念叨起他，但是也只是说说而已。

大舅去世我们一直不知道，听一个远房亲戚提起时，他已经走一年多了。

那人说，我姥爷去世后大舅整天闷在家里喝酒，也不出去放牛了，十几头牛饿得哞哞直叫。后来他忽然把牛赶出去都卖了，把门一锁就没了影儿，谁也不知道去了哪里。

一年后他又回来了，人变得精瘦，不爱说话。在一次和人喝酒时，他说自己去内蒙古找老婆孩子了。老婆已经嫁人，见到他就打，拿个火枪差点把他小命要了；儿子不认他，知道是他就像撵狼一样赶他走。他在那一溜子绕了一年也接近不了他们，没办法就又回来了。他说放心了，见到儿子有儿子了。他把手里剩下的两万块钱包个包，天蒙蒙亮时扔到儿子家门口就回来了。

大舅是从草原回来不到一年离开的，他是醉酒倒在自家的院子里冻死的，人们发现时，已经冻硬了。有人通知了他亲弟弟，二舅给他简单发送了事，房子田地也被他接手过去。

永远的大舅

想想大舅走得那么凄惨，内心总会疼痛，甚至会生出愧疚感。有时候我们兄弟姐妹在一起也会自问，我们这么做是不是有些不够厚道了，母亲若是还在，会不会埋怨我们呢？去年哥哥曾说，咱抽空去看看大舅的坟墓吧，当时我们都点头同意。但时至今日，依然没有成行。

大舅确确实实地走了，可他走后我才明白，这一世能与你走近的人，无论彼此有过什么误会或怨气，都该好好珍惜。无论如何，那个高大莽撞的男人，总归是叫了我姥爷五十年“爹”的人，是我姥爷在这个世界上最惦记的儿子，也是我母亲最亲近的娘家弟弟。

母亲虽然是姥爷的亲生女儿，但远嫁的她却没有给姥爷更多的陪伴，也没有这个弟弟回报姥爷的更多，没有像这个弟弟一样，在姥爷身边，更具体真实地尽孝。而姥爷对大舅的牵挂，似乎也比对母亲更多。

如今，我常常会不自觉地想起他，想起那个曾经像戏台上大花脸一样威武的男人，想起那个喊姥爷爹、叫母亲姐的男人，想起那个没有血缘关系的大舅。

大舅，我永远的亲人！

古往今来压岁钱

中国人过年过节都讲究喜庆团圆，尤其是在过农历大年时，身在异乡的游子千里迢迢往家赶，出现了唯有中国才有的独特现象——春运。浩浩荡荡的返乡大军扛着行李背着包裹，辛辛苦苦奔波在回家的路上，就是为了能在除夕夜前赶到家里，全家人围坐在一起，吃一顿年夜饭。这可谓国人最大的年俗仪式了。

还有请财神、蒸年糕、放鞭炮、贴春联、挂灯笼，等等，都是年俗的内容。但由于中国地域辽阔，源远流长的年俗文化也就各具特点，俗话说五里不同音，十里不同俗么。

可那么多的、有差异的过年习俗中，还是有一些相差无几的内容，比如过年时长辈给晚辈压岁钱，只是这个压岁钱在不同地区叫法不一样。据我所知，多数叫压岁钱，也有的叫守岁钱，还有的叫拜钱、岁钱、新年岁，等等，表达的意思是相同的。这也是许多人家过年必备的一项开支。

平时，我们习惯把“春节”和“过年”视为一会儿事儿，但深究起来，这两种叫法却有着很大的区别。春节，是1914年袁世凯称帝时才定下来的节日。

袁世凯称帝，钦定阳历年首为元旦，阴历正月初一为春节。所以，春节也就一百年的历史。而过年，却要追溯到殷商时期了。这个“过年”不是指一天，而是说一段时间。只是重点在除夕到初一这两天，尤以除夕夜最为隆重。

一般进腊月就算开始过年了，尤其腊八节以后年味儿渐浓。喝了腊八粥后，大人就开始备年了，如扫尘、做新衣服、蒸年糕、祭灶、买鞭炮，等等。过年的喜庆气氛一直持续到元宵节，甚至到二月二才算正式结束。

至于过年给压岁钱的来历，要细说就更是话长了。笼统说，由于古人崇拜钱币，迷信认为凡是钱都有“厌胜”功能，希望能保健康平安，所以，在过年时，长辈用钱币表达对晚辈的疼爱与祝福，这钱币名曰“压岁钱”。

压岁钱饱含着祝福，表达祝愿晚辈长命百岁的意思，所以多以百来计，故也叫百岁钱。

清代《燕京岁时记》中的“压岁钱”词条称：以彩绳穿线，编作龙形，置于墙角，谓之“压岁钱”。清代最讲究的是将钱用红线穿起来，放在孩子睡觉的房间。压岁钱就这样代代相传，演变成年俗文化之一了。

在我们小时候，那个贫穷的年代里，很多时候家里的积蓄都不够百元，为了满足压岁钱的意境，母亲就提前把整钱换成零的，用分或者角来代替。而我家的邻居是个大家庭，祖孙三代十口人生活在一起，过年时，当家的爷爷除了给孙子买鞭炮，还多少给点压岁钱，而那三个孙女，只有眼巴巴看着的份儿，还要帮母亲忙着干活。足见重男轻女思想在这个大家庭中的严重程度，更看得出爷爷将压岁钱看得异常金贵。

小孩子得一次压岁钱就意味着又长了一岁。对小孩子来说，过年，就是一个里程碑，身高和智力都在一步步提升，尤其幼年时这种变化最为显著。

你看昨日那些手拿压岁钱的孩子，就是在长辈的爱中一点点长大的，而且，都努力长成长辈们祝福的样子。无论最后身份显赫还是默默无闻，都会把这一传统习俗一代代延续下去。

还记得我们小的时候，小孩子是没有零花钱的，即便过年收到亲戚长辈给的压岁钱，也只能在身上热乎热乎，回到家或者亲戚走后，就要拿出来交给家长，因为家长也要给对方家孩子压岁钱。这就是个礼尚往来的过程，表达一份心意，那钱是要留着过日子用的，每家如此。

对小孩子来讲，只有除夕夜父母给的压岁钱，才是可以自己支配的。当时一根冰棍儿才三分钱，五分钱能买到奶牛冰棍儿；一毛钱能买十个彩色糖球，买回来稀罕着不舍得吃，先吃家里的东西，自己买的要留到最后，没得吃了再拿出来。

那花花绿绿的糖球摆在眼前就那么看着，欣赏着，心里自己是那么富有和满足，总是等到实在忍不住了才拿一块放在嘴里含着，慢慢品尝它的美味。那是一个非常享受的过程，如果要给其他人一块，那是要掂量掂量的呢。

一点压岁钱就这样节省着，会用好长时间，那看钱的神态，就仿佛葛朗台看着他的金子一样贪婪。

如今大家说起小时候的事，总是会心地一笑。生活好了，虽然不把压岁钱看得太重了，但这个习俗还是保留着，它不但代表着长辈对晚辈的祝福与关爱，同时也带来一种节日氛围。就像今年过年，我们出乎意料地感到欣慰和开心，因为刚参加工作的儿子不但给父母买了礼物，还给奶奶、堂妹、表妹发了压岁钱，这让我又惊又喜。惊的是根本没有这个思想准备；喜的是儿子具有一片孝心和爱心。同时也深深体会到，儿子真的成人了，再不能把他当小孩儿看待了。

当儿子拿钱给奶奶时，他奶奶满脸笑容地说：“奶奶自己有退休金不缺钱啊，你挣那点儿钱自己留着吧，长大了不用奶奶给你压岁钱就行了。”

儿子却调皮地说：“虽然钱不多，但必须收下。这是孙子孝敬你的，以后年年给你压岁钱，愿奶奶健康长寿。我这孝心你可不能拒绝啊。”这话说得全家人合不拢嘴。而在那两个小妹妹接过哥哥给的压岁钱时，又是另一番欢笑洒满房间。血脉亲情在欢声中葳蕤，节日气氛在笑语里氤氲。

爱的给予，一般都是自上而下的，而在上的我们得到那种反哺之爱时，更能感受到亲情的浓郁、爱的回归。晚辈的感恩之心是对长辈最好的报答，会令长辈欣慰无比。

于人类，责任和爱，是社会发展的动力，是支撑社会架构的基石。

春节年年过，年俗代代传。我们过年，过的其实就是这个年味儿，是一家老小团聚的和美。

送你一个拥抱

爱与被爱，是我们每个人都渴望的情感。拥抱，是情感最热烈的表达方式之一。你看，对那些凯旋或者失败退场的运动员，迎接或安慰他们的最好方式就是拥抱，就连那些刚出生的婴儿，都是在母亲怀抱里才睡得最安稳。

我们都是世俗之人，表面看似无忧无虑，实则内心都是很脆弱的，在繁复的生活中，也许有很多无法释怀的东西。所以，在某一时刻，我们很渴望有一个人出现，渴望有那么一个人，可以随时为我们敞开双臂，用拥抱来安抚我们那颗焦渴的心。

去年中秋节下午，我约大姐出去逛街。

节日商业街人头攒动，打折抽奖等促销手段花样繁多，好一派热闹繁华景象。我们悠闲地走在商业街那熙熙攘攘的人流中。忽然，一个背着电脑包的年轻人直奔我们走来，我俩下意识地刚要躲闪，他却张开双臂满满地搂住了在他面前显得又矮又胖的大姐，把头深深地埋在她的肩上。

这一突如其来的举动让我们惊讶无比，身边的人也都投来诧异的目光。就在我和大姐一起问“你这是干什么？”的同时，小伙子说出了一句让我们始料不及的话：“你太像我妈了！”

也许是感到自己的举动过于唐突，他又补充了一句：“阿姨，你长得太像我妈了！”

我分明看到他的上肢抱得那么用力，而且还有些颤抖，但是大姐还是可以在他的臂弯里转动身体的，这说明他并没有死死地扣住弄疼她。

大姐缓了缓，双手扶住小伙子。他也稍微控制住自己的情绪，慢慢抬起头来，两行热泪从紧闭的双眼中缓缓流下。

我提防的心理被这一场景融化了，也许大姐真的很像他的妈妈吧！不然，一个看上去很有素养，足有二十五六岁的青年人，怎么会在大街上抱住一个素不相识的阿姨呢！可他又为什么看到与自己母亲相像的形象会控制不住内心的激动呢？莫不是她的母亲……

哦，我理解了，母子连心啊！在这举家团圆的日子里，当你突然看到了至亲至爱的身影时，那该是怎样的一种想要抓住亲人的冲动啊！我的眼睛也不由自主地潮湿了。

大姐也很动情，她和蔼地说：“我和你妈妈长得那么像啊，看来咱们也算有缘了，想抱就再抱抱我吧。”说着，大姐又张开双臂主动抱了抱他，又拍拍他后背。他也温顺地搂住大姐，把头贴在她肩膀上。过了一会儿，他慢慢抬起头，有些难为情地问：“阿姨，我没吓到你吧？”

“没有没有。小伙子，没关系。”

“阿姨，谢谢你，真的太谢谢您了！”他搓着手，有点不好意思了，“不过，阿姨，您长得实在太像我妈了！”说完，他又搂住大姐的肩膀。他闭上双眼长舒一口气，脸上流露出欣慰的神态，看看大姐转身离去。

大姐扬起手说：“小伙子，我家就住在站前，有缘还会见面的。”

他转身朝我们这边轻轻点点头，快步汇入人流中。我和大姐站在原地，目送他的背影渐渐消失……

人的情感是需要宣泄的，受伤的心灵需要抚慰。很多时候，一个眼神、一张笑脸、一个肢体语言，便胜过千言万语。这个突然的插曲令我心生柔软，思绪跳跃，透过有些模糊的视线，我又不由想起了自己经历的一次刻骨铭心的拥抱。

十年前，父亲病重住院，母亲身体也不好，我们这四个孩子坚持每天两人在医院护理父亲，一人晚上陪伴母亲。当时，两个姐姐把自己的生意都放下了，哥哥和我也尽量抽时间陪伴父母，但三个多月的辗转求医奔波忙碌，还是没能挽住父亲离去的脚步。

父亲走的时候，我们已经熬得精疲力竭，但还必须要打起精神办理丧事。按当地风俗，要设灵棚，由血亲晚辈守灵和向来宾还礼。当天老家亲人还没赶到，我被暂时安排在灵棚接待来宾，哥哥和两个姐姐忙办其他事情。

夜幕四合时，被巨大的悲痛包围的我已经站得两腿发直，头脑也像糨糊一样混沌，但还是机械地向络绎不绝的来宾鞠躬还礼。这时，又看到有三五个人走过来。我刚要以同样的方式接待他们，突然看到了几张不同寻常的面孔。啊，原来是老家的人来了！走在最前面的是只比父亲小三岁，眉眼酷似父亲的大表哥呀！

此时的我，再也抑制不住内心澎湃的情感了，那长时间勉强坚持的克制宛如高高筑起的防洪大坝被汹涌的洪水轰然冲塌，压抑的悲伤情绪由于这些亲人的出现顷刻间暴发，激流呼啸直下，狂泻不止。我哇的一声号啕大哭，毫无顾忌地向大表哥扑去。两眼泛红的表哥也瞬间张开双臂，把我紧紧抱在他的怀里。

其实，我和这个表哥见面并不多，也不很熟悉，但那是自己的亲人啊！我父亲是他的亲舅舅，他是我父亲带着玩儿长大的，后来父亲也一直偏爱他，我们有着一脉相承的血缘呀！共同失去亲人的打击，让我们这些平素不善表达情感的人，再也抑制不住内心的悲伤了。这个时候，我们只有彼此拥抱放声痛哭，才能把悲痛欲绝的情绪淋漓尽致地释放出来，那是我们彼此最直接的话语、最贴心的安慰呀……

这次的拥抱，成为我一生中最重量级的情感宣泄，每次想起来都心绪翻滚。

我们的传统一向是讲究含蓄的，注重意会，不讲究言传，用热烈的肢体语言来表达情感更是少之又少。然而，身体的接触是情感最直接的外露，无论得意还是失意，欢乐或者痛苦时，我们都渴望有一个怀抱来安抚我们的心。

朋友的拥抱是温暖的，爱人的拥抱是甜蜜的，父母的拥抱是慈爱的，子女的拥抱是感恩的，陌生人的拥抱是友好的，仇敌的拥抱是和解的……

拥抱是沟通，是桥梁，是心语，是四海通行的世界语。

穿越时空的爱

前些年，医院都是备有太平间的，一般设在医院里较为僻静处，房子也很简陋。病人在医院过世后，就被抬到那里停放，到出殡时，就在那里入殓，然后送到殡仪馆火化。那是逝者在人世间住过的最后一个房间了。

以前，我常常对这样的房子感到抗拒，所以，总是尽量避开它。即便偶尔必须打此路过，也是扭过头，背向着它急速走开。

父亲去世那天，当众亲友把他从病房抬到铁路医院后院那间小屋子时，我第一次走进了平素避之唯恐不及的房子。这之后的五天时间里，我每天都随家人走进去几次，看看独自躺在那里的父亲，给他换酒，换各种水果和糕点。

也就是从那天起，我开始对这间小小的太平间另眼相看了。

这样一所再普通不过的小房子，承载了无数个家庭最后的一次团聚。这也是无数人在这一世的最后一个驿站。

送走父亲后，我就开始对这所讳莫如深的小房子格外留意，甚至对它产生了一种说不清楚的情愫。每次路过铁路医院后院，我都会故意慢下脚步，转过头，透过那扇铁栅栏的大门，远远张望那间只露出一半的小房子。有时人走过了，头还没转回来，似乎在寻找着什么……

以前，我很庆幸自己睡眠不错，很少做梦，可自从父亲走后，我却总盼望做梦，期望和父亲在梦中相见。这个愿望，在很长一段时间内，成了我的一种奢望。

然而，就在春节假期的一个夜晚，我真的梦见了父亲。睡梦中我遇到麻烦，想跑掉，可脚却像被粘在地面上一样。就在我惊魂未定之际，父亲手里拿着什么家什从我身后冲出来，保护我，呵斥贼人："谁给你的胆子吓唬我闺女？！"

我被父亲的威武猛然惊醒，呼地一下坐起身来。

宁静的午夜，出了一身汗的我捂着脸呜咽出声。我忽然想起一种说法，说在这个世上，对女人来讲，最疼爱你的男人就是父亲。是呀，他一直竭尽全力保护他的女儿……

那夜从梦中惊醒后，我好长时间都不想入睡。我翻来覆去地回忆着刚才的梦境，想着，再想着，我生怕一不留神把它给忘了。

滚滚红尘中，很多事物都充满变数，但我坚信，无论世事如何沧桑，无论人情多么冷漠，生命中那几个灵魂相系的人，总是会穿越深不可测的时光隧道，陪伴在我们的左右，直到我们无法感知这个世界……

爱情篇

大声说出“我爱你”

泰戈尔说：“世界上最远的距离，不是生与死的距离，而是我站在你面前，你不知道我爱你。”

——题记

前些天，微信上热传一段视频，记者随机采访几个不同职业、不同年龄段的已婚男人，让他们把手机开成免提，给自己妻子打电话，在妻子接通后向她大声说出“老婆，我爱你！”

这个视频做得很用心，整个视频分成三个大部分。

第一部分是电话拨出之前的准备。这些接受采访的男人拿着手机，脸上都挂着或腼腆或嘻哈的笑容，似乎是在大庭广众下，被要求去完成一个很幼稚的游戏一样难为情。

第二部分是电话拨通后的表白。这些做丈夫的都是先和妻子打声招呼，然后看着摄像头很不自然地笑，几乎没有人是从容地说出“老婆，我爱你”这句话的。

而妻子听到丈夫的问候，反应也不尽相同。有的妻子哈哈大笑，问丈夫：“你今天怎么了？”有的妻子也不好意思地回上一句：“你开什么玩笑啊？”甚至有的妻子说：“你胡闹什么？”这些人中，只有一位知识分子模样的男人收到了“我也爱你”的回答。

这些被访的男人在完成任务后，依旧对着镜头嘻嘻哈哈，但明显看得出表里不一，他们是在故作轻松，掩饰自己情绪的变化。

而第三部分，也是最感人的一幕出现了。当通话结束，记者分别问所有打电话的男士，说出这句话有何感受时，大家都变得严肃起来，甚至有几位泪流满面地说：“感动，感恩，太意外了！说出来似乎找回了曾经的美好。”

我们在欧美电影里常常会听到“我爱你”三个字，无论是情侣还是亲人朋友之间，他们表达得都那么自然亲切，接受者也是一脸的幸福和欣慰。那是情感的自然流淌，让观众也为之心动，似乎灵魂深处的某种东西被唤醒了。但我们中国人，说出“我爱你”这三个字却很难。在情感表达上，大家更讲究只可意会不可言传的意境，似乎对这三个字讳莫如深。

虽然这个视频中的情景对我来说已经不陌生了，但我还是被深深感动，看了一遍又一遍，眼泪流了一串又一串。曾经的一幕，又浮现在眼前……

去年妇女节那天我们大家庭聚会，席间，比哥哥小五岁的嫂子问我们三姐妹，情人节都收到什么礼物了。我和二姐回答无非是吃的穿的，大姐却一脸的无奈，因为大姐夫根本就不知道这个节日的具体日期。嫂子一脸兴奋地说，以后你们都要跟我学，要训练老公不但要温柔体贴，更要懂得浪漫，要营造出浪漫温馨的家庭氛围。

侄女抢过话茬说：“还是我来告诉大家吧。那天早上我说：‘今天是情人节，老爸你别忘了给老妈买玫瑰花。’我爸只是笑笑没说话，我以为他肯定不会忘呢，没想到他回家时只是拎了两袋水果。高高兴兴去开门的我妈一见没有玫瑰花，脸色当时就拉下来了，她站在门口说，老公，你要么出去给我买三朵玫瑰，要么对我说一百句‘我爱你’，否则我就不和你说话了。我爸就是笑，进屋把水果放下就靠在沙发上看电视。”

哥哥接着说：“我真没想到，这人还真叫起真儿了。我寻思大过节的，好好哄一下吧，我就主动去厨房帮人家做饭，故意找话聊，可她就不理我。吃完饭我主动洗碗，张罗着带她俩出去买东西，回来后让她俩看电视，我去拖地，可人家还是不说话。你说这既是情人节又是过大年的，她冷着脸噘着嘴给你看。家里从来没这样过，这种气氛真是太压抑了。没办法，一百句‘我爱你’实在说不出口，只有去买花了！已经晚上十点多了，我到花店买了三朵又大又艳的玫瑰送给人家，这才算罢休。”

侄女笑着说：“我爸还说：‘老婆，我爱你难道还不知道吗？傻瓜！’”

嫂子得意地说：“我当时真的好开心，既收到了玫瑰又听到了那久违了的三个字！”

哥哥认真地说：“我们实在是太不善于表达情感了。有些话说出来和留在心里真的不一样，我买花时也只当她要小脾气哄哄她，没想到说出来时自己心里也热乎乎的，有一种久违的感动。送人玫瑰手留余香，看来真是这个理儿呀。”

嫂子说：“其实真不是我计较，他呀，好多年都没说过这句话了，有时候真的感到委屈。我知道他对我感情很深，但这到底是什么感情呢？心疼？感恩？感谢？我感觉都不够贴切，想来也只有‘我爱你’听起来才更贴心。”

席间气氛热烈起来，哥哥建议：“今天是妇女节，我提议在座每位丈夫都对自己妻子说出‘我爱你’，孩子们也可以对父母说‘我爱你’，把我们内心的爱表达出来，高兴高兴。”

虽然带着游戏色彩，但孩子们都踊跃地说出“爸爸妈妈我爱你”。事已至此，几个男人也诚恳地表达了自己的心意。最感人的是已经五十多岁又最不善言谈的大表姐夫，他在大家的怂恿下红着脸对大表姐说：“快三十年了，你为这个家付出太多了，我心里有数。今天，那我就借这个机会对你说一句，老婆，你辛苦了！我……也爱你！”听了这肺腑之言，在座的几个女人都感动得热泪盈眶，大姐竟然小声抽泣上了。

我们都知道，大表姐为那个家真的付出太多了。表姐夫是家里的老小，结婚后，他们一直和公婆生活在一起。大表姐的婆婆七十一岁时患脑血栓不能自理，他们照顾了六年，直到把老太太送走；她公公去世时已经八十三岁高龄。在照顾老人这个问题上，就可想而知他们付出了多大的辛苦。

生活的磨砺，使一切热烈的情感都归于平淡，在充满尘世烟火气息的生活中，太缺少触动心灵的感动了。我们毫无怨言地爱着亲人，爱着家庭，总以为心里有了，也做了，对方就会明白。可是，家庭、事业磨去了激情与浪漫，时间把爱情转化成了亲情，生活变得平淡无奇，我们那疲惫的心偶尔还是焦渴的，是需要滋润的。

一首《时间都去哪儿了》曾感动了太多的人。是呀，时间都去哪儿了？还没好好感受年轻就老了，还没好好看看你眼睛就花了，柴米油盐一辈子，转眼就只剩下满脸皱纹了。那曾经的一句“我爱你”，早已变成肉麻的无法说出口的梦语了……

虽然大多数人整天都在奔波忙碌，但我们的情感依然是需要慰藉的，一个人精神世界丰富与否，才是衡量其幸福指数的标志。繁华落尽，我们终有一天会带着所有故事离去，就让我们在有限的年华里，倾情演绎这出百年修来的情感大戏，莫留遗憾与这一世的相遇。

人生犹如一幅手卷，已经展开的就慢慢卷起，留作记忆，而那未曾展现的，正在等待我们自己去填写，那里或平淡或旖旎的风景，都是我们自己亲手描绘的呀。

记得泰戈尔说过：“世界上最远的距离，不是生与死的距离，而是我站在你面前，你不知道我爱你。”那还等什么，趁还来得及，就大声说出你的爱，用我们的话语，来缩短那彼此间不该有的距离吧。当你说出那三个字时，相信你一定会重拾当年的浪漫与柔情，更能够温暖和感动对方那颗疲惫的心！

轻轻地，我将离开你

“轻轻地，我将离开你，请把眼角的泪拭去，漫漫长夜里，未来日子里，亲爱的请别为我哭泣，前方的路虽然太凄迷，请在笑容里为我祝福……”

齐秦经典歌曲《大约在冬季》已经是很多年前的歌了，可每次听到，还是一如既往地喜欢，而且，总会有一种淡淡的伤感萦绕心头。那种不舍，那种无奈，会触动你那根最柔软的心弦。今天听到这首老歌，不由想起我的朋友静。

静学的是工商管理专业，毕业后很顺利地成为一名工商管理干部。工商局属于实权部门，待遇也好，静又身材苗条，一头乌黑的长发，女人味儿十足，如此优越的条件令人羡慕不已。静的父母爱她如掌上明珠，对未来的女婿要求自然很高，她自己也是一直挑挑拣拣，最后却落得个“剩女”称号。

两年前，由于工作关系，她结识了来本地做生意的温州商人李明，彼此印象都不错。不久，静和他又在一次聚会上不期而遇。两人很有共同话题。那时李明刚离婚不久，而且远离家乡，很需要一个贴心的异性来弥补情感的缺失，那种内心的渴望，让他对静展开了迅猛的爱情攻势。也许缘该如此，也许是静等不及了，反正她很快就缴械投降。

听说李明比静大了八岁，离过婚还有孩子，老家又在外地，静的父母不同意，朋友们也都劝她慎重考虑。静却说：“你们都别替我担心了，我不是小孩子，也算经历过几段感情了，我知道自己在做什么。”

她对我说，自己从没有过如此强烈的爱情，那种相互的吸引与内心的渴望，是一种抛开一切外在因素的灵魂共鸣。在李明身上，她终于体验到了梦寐以求的爱情小说里那种爱情滋味。她和李明都感觉对方就是那个自己一直在寻找的人，他们都无比珍视这天赐良缘。二人双双坠入爱河，不到半年就结了婚。

爱情开始总是甜蜜浪漫的，在人们的精神世界里唯美的氤氲，中了爱情蛊的人，变得简单快乐，视什么都那么美好。可婚姻却是要脚踏实地过日子的，需要的是心态平和，理智处事。由于静和李明的出身背景、生活习惯等都存在很大的差异，二人在生活上有很多方面合不来，所以他们的矛盾在婚后慢慢显现出来。二人又都是争强好胜之人，谁也不愿意改变自己来迁就对方，他们的生活由开始的相敬如宾，渐渐发展到后来的磕磕绊绊。

李明的孩子又进入青春叛逆期，孩子妈妈管不了，老师一找家长，就得李明出面，然后就回到原来的家里教训一顿儿子。

有一次，不知什么原因，那孩子直接来静的家里乱发脾气，说以后不用他爸管了，既然你不要我，我也不要你了，你给我一笔钱，咱就此一刀两断。

李明前妻也常因孩子的事，或者一些家庭琐事给李明打电话，甚至有一次，她大大方方来家里找李明，说商量孩子上学的大事。她说孩子不能再在这个学校待下去了，一帮淘小子在一起相互影响，换个环境对孩子有好处。

人家为正事来，静也不好拒之门外。为了孩子的事，李明偶尔也主动和他们联系。

静说，李明和那对母子在一起时，经常是用方言说话，那些话她根本听不懂。那女人对她还算礼貌，她也只能以礼相待。人家有正当理由找孩子爸爸呀，他有责任教育自己的儿子。

可每当这个时候，静就感觉他们才是真正的一家人，自己反而是个多余的人了。有时候，甚至感觉像自己拆散了人家原本的一家人一样，心里很不舒服。

上个月的一天，静在电话里和我发脾气，说今天李明前妻又把电话打到家来了，说她妈要回温州了，问李明要不要给他父母带回点东西，还问李明有没有时间，想求他送她妈去高铁站。

静说："这电话打到家里座机上了，是我接的，她就用普通话直接问的我。这个女人，就是故意想让我知道呢，是告诉我，他们的关系根深蒂固。听着真闹心，又不好发脾气，这样的日子感觉太累了，有时真想放弃这段感情。"

我很诧异，短短一年半的时间，静竟然能说出这样的话。那么浓烈的爱情这么快就降温了？难道真是什么多巴胺在起作用吗？据科学研究显示，爱上一个人时，大脑会分泌一种叫多巴胺的激素，当你遇到了心爱的人，多巴胺就会发生化学反应，它会使你脸红，心跳也跟着加快。不过，这种激素最多只能持续三十个月，之后就不再分泌了，爱也慢慢变淡，甚至对对方产生厌倦。

可静和李明的爱情，维持还不到一年半呀！

爱情是幸福甜蜜的，人人都渴望拥有一份真挚长久的爱情，所有能步入婚姻殿堂的人们，都以为找到了这辈子的真爱，才那么义无反顾地走进围城，渴望携手白头。可我们又都是世俗之人，爱情只是生活的一部分而已，那些日常琐事，才是我们每天都要真正面对的真实生活。在白开水一样平淡无味的日子里，谁都不会永远激情满怀，这时才是考验我们生活智慧的时候。

歌里唱的，爱，说不清楚，爱，糊里糊涂。还有人说，婚前睁大眼，婚后睁一只眼闭一只眼。要想维系一个家庭，就应该学会谅解、包容、忍让、迁就，也许只有这样，才会使婚姻更加久远，更加稳固吧。

前天和静见面，她说李明已经向她保证，以后尽量少和前妻联系，他也愿意努力改变自己来适应她。

我说："这样很好啊，说明他也认识到了你们之间出现问题了，知道悬崖勒马了。"

可静却淡淡一笑，说："江山易改，禀性难移。快四十的人了，生活习惯、脾气秉性早就定型了，要改变谈何容易呀。能改早就改了。其实呀，他和我在一起也不轻松。所以，我不想难为他，正好还没孩子，分开没有拖累。"

看静如此淡定，我问她："真能放下吗？难道你对这段感情后悔了？"

静沉默了一会儿，但还是坚定地说："我想好了，脚上的泡都是自己走的，这就是我的生活。无论将来怎样，我对这段婚姻都不会后悔。结果不重要，重要的是我爱过了，我相信他也是爱过我的。我们相遇了，相互点燃了对方的激情，有一年多的时间是那么开心，体验到了真正的爱情，那是我以前不曾体会过的心灵悸动，虽然短暂，但确确实实存在过。全心全意地爱过一次，也不枉来人世一回。他呀，应该是我这辈子的最爱了，只是现实生活让我们不得不分开。”

我忽然就想起了那句话：告别爱情的时候，我们不是不爱，而是不能再爱。

我是个语言贫乏之人，面对她如今的境况真不知道说什么才好，也不会安慰她。静反倒说：“你别以为我的处境有多狼狈，我并没有觉得这段婚姻有多不幸，是你生活太平淡了，你体会不到个中滋味的。”

也许静说得对，我这样风平浪静看似没有遗憾的人生，可能在有些人眼里，本身也是一种遗憾吧。

生活不能彩排，在我们人生的旅途上，谁都无法预知未来，都是在一步步体验生命的过程。在这一旅途中，有的人一路平坦，有的人曲折坎坷，甚至是荆棘满布。但，也许正是这一路别人看似艰辛的旅程，却使他或她看到了别人无法看到的风景，体味到生活的酸甜苦辣，爱恨情仇也得以淋漓尽致地宣泄，心灵更加充实，情感也更加丰富，人生变得更为厚重。

记忆中如果有一个珍藏的背影，心中也许会永存一份温暖……

记得刘墉说过，真爱是过程而不是目的，一个未能完成或无法完成的故事，也许是个缺憾，但也可光华美丽。

轻轻地，我将离开你，没有你的日子里，我会更加珍惜自己，没有我的岁月里，你要保重你自己……

我会，等你

年复一年，岁月匆匆流逝，我们过着平凡而琐碎的生活，我们的心灵也在这浮躁的世界里变得越来越粗糙，越来越迟钝。但是，当你静下心来，往往又会发现，灵魂深处，有个角落在暗潮汹涌。

曾经有暗自流泪的时候，其实自己也不知道为什么；偶尔会有一种缺失感，但却说不清道不明。发到QQ空间里，很多朋友也说有这种感觉。更有男网友留言说，自己曾有想独自大哭的时候，那时就想要一种宣泄。

看来，无论世事如何变化，人的情感总是不能被忽视的，人的内心始终保留着一块温温柔柔的角落，那就像一片处女地，如果荒芜，内心就会有缺失感。然而，这片沃土却只有一个人能真正走进，那是按照命运的安排，顺着灵魂的暗道走来的人，只有那个人才能把这块地开垦。这个人能够倾听你的心语，可以分享你的喜怒哀乐，这个人就是你灵魂的归宿，也只有等到了这个人，你才能体验到真正的幸福和满足。

你的灵魂找到了适当的归宿，在这喧嚣的世界里就会安然入睡，你的内心不但会变得温柔恬静，更会焕发出连你自己都不知道的生生不息的力量，使你有勇气和信心，完成自己以前不曾想象的事情。

我们都是布衣俗人，身处浮世红尘，肯定不会事事完美，改变不了的就尽力做到更好。因为我们要的不是风花雪月，不是一场倾城之恋，我们要的是倾心相伴，默默相守，如影随形。所以，两个人中，一个有改变不了的状况时，另一个人就尽力改变自己去适应对方吧，只要，值得。

即便，我们不确定那是不是就叫作爱，但我们清楚地知道，那确实是一种情。我们更懂得，两个人的关系中，不要用对方去与另外的人比，否则就会迷失自己。就像我不敢肯定你是不是我最爱的人，我们也偶尔会有争执，但我知道，你是我今生都会用心珍惜的人，谁也比不得你。

这，就足够了。

一个刚上网时结交的德高望重的文友病逝，享年六十九岁。前不久他曾在心情中写道："我在奈何桥上等你，绝不喝孟婆汤。"我想，他走的时候，心里牵挂的，定是那位今生不悔，若有来世仍要相约的人吧！

都是性情中人，我被他感动，每每想起，内心便会百感交集，想要记下点什么。

相伴相惜吧，握住所有能一起走过的时光！只因，你，是我的传奇，我，是你的唯一。

你说，下辈子，还要找到我……

我会，等你……

也说爱情——写在情人节

但凡正常人，谁也逃不出一个“情”字，只是有的人常挂于嘴边，有的人深藏于内心罢了。我相信，无论你多么冷峻，多么高贵，多么不染凡尘，你都会被真爱所降伏，一个再孤傲的灵魂，也逃不出命里注定的桃花劫。

昨天登录QQ空间，竟发现前些天去世的文友出现在了我的访客里。当时百感交集，忽然想起了以前当笑话看过的一个问答，问：“当我们死去的时候，我们的QQ交给谁？”当时只是一笑而过，一点没往心里去，可昨天却为之感叹了。那位老人是位大学美术老师，已经病了一年多了。在不久前，他曾在微博中写道：“我在奈何桥上等你，绝不喝孟婆汤。”我想，现在持有他号码的人，也许就是那个让他今生不悔，还要期待若有来世仍能携手的那个人吧。

是什么让温莎公爵放弃江山，去追寻美人？又是什么使梁祝化蝶共舞相随呢？难道他们是一时冲动吗？答案当然是否定的。我想，他们的行为，只能用“爱情”两个字来解释。

爱情是美好的情感，可穿透心扉。“爱”字收藏了一颗完整的心，代表珍惜；“情”字收藏了一颗站着的心，代表陪伴。除非和真爱的人在一起，否则你无法感知那种无法言喻的幸福。

爱，能温暖你的胃，柔软你的心，迷醉你的人。

世间值得追求的东西很多很多，也可以通过各种手段各种渠道来得到，但唯有真爱是可遇不可求的东西，那是两相情愿、两情相悦，是可跨越阶层、地域、年龄等外在条件的两个灵魂的相扣。张爱玲曾说过：“在茫茫人海中，时间的荒芜里，遇到该遇到的人，没有早一步，也没有晚一步，那么也没有什么可说的，唯有轻轻地问一声：哦，原来你也在这里。”这该是天意安排的一场相遇吧。

我们承认，婚姻是爱情最完美的体现和归宿，能和相爱的人白首偕老，那该是多大的幸事呀。

在岁月的洪荒里，拥有这样一份真情，何其有幸。那不是瞬间的迷离，那是细水长流，是用时间来验证的不离不弃。

爱情是摇曳在心中的涟漪，是过程而不是目的，是两颗心彼此相信、相惜和宽容，是一种心暖。

在芸芸众生中，能够遇到那个使你灵魂战栗的人，实乃幸事！

在物欲横流的今天，能够刻骨铭心地彼此爱一次，此生何憾!

在漫长的人生旅途中，能够有一个值得你一心守候的人，何等幸福!

愿天下有情人在时间的清流里，相携相惜，走过青春年少，也走过人老珠黄的岁月吧!

强扭的瓜不甜

微信响了，我睁开惺忪的睡眼看看床头柜上的闹表，上午八点二十分。这个周末的回笼觉一睡就是一个半小时，可好像还没睡够。我懒洋洋地摸过手机，是老公发来的语音消息，让我快起床，收拾一下准备吃饭，然后带我跟他同学去郊区水库环湖，中午野餐。我不知道他何时起的床，啥时候出去买早点了，看来马上要回来了。他说的这个游玩活动，他也应该是起床后才接到的通知。

我随便打开微信朋友圈，见肖潇又在晒幸福。今天发的几张照片记录的是带着六克拉钻戒的纤纤玉手磨制咖啡的过程。

肖潇是我们高中同学里嫁得最好的一个，嫁给她父亲同学的独生子。那是一个既有文化层次又有经济实力的家庭，在本地很有社会地位。她是我们这群灰姑娘里，唯一一个摇身变成少奶奶的。她公公原是一家企业的高级工程师，二十世纪九十年代自己单干后发家，二十一世纪初企业改制又捡到了便宜，如今，资产已经过亿。也就是说，肖潇成了亿万资产继承人的配偶。

在人们眼中，肖潇和丈夫郭明的婚姻可谓一帆风顺。她对我们同学只说两家世交，是早就定下来的。但关于他们两家渊源的传闻有很多版本，最靠谱的，说她公公在事业关键时期，一次酒后驾车出了人命，如果自己承认开车，定会重判。那时，他正处于收购转型企业的关键时期，如果出事，事业将毁于一旦。肖潇患有糖尿病的父亲挺身而出，冒险揽下责任，被判刑四年零六个月。虽然肖潇父亲服刑一年就保外就医，但也不免病情加重。临去世时，她公公向老同学保证，说两家都一个孩子，这样的生死之交，以后就是一家人了，他们认肖潇为儿媳，他说："咱们所有的付出和努力都是为了两个孩子，也是为了将来咱们共同的孙子。"

肖潇从小就是父母的乖乖女，公婆很喜欢她。当时只有十六岁的她上高二，丈夫郭明已经二十一岁，大三在读，是一个难得的既低调又务实的"富二代"。以前的郭明于肖潇就像个优秀的大哥哥一样，一直被肖潇崇拜着，等花季少女情窦初开，他已经由哥哥变成魅力十足的白马王子了。如今没费一点周折就能如愿步入这个家庭，这是女孩儿梦寐以求的幸福。肖父的为友牺牲，为女儿换来了水晶鞋，他也觉得自己的付出值了。

虽然父亲的过早离开令肖潇伤心不已，但他为她铺下的坦途又让她不无欣慰，甚至让她感到骄傲。这坦途也为她赢来无数人艳羡的目光。有了这样的婚约，肖潇的一切都按部就班地进行着。她高中毕业不用考虑专业选择，没有就业的压力，随便读个大学，就顺理成章地结了婚，然后做全职太太，养花种草，陪婆婆美容健身。结婚一年后，她又如愿生了个儿子，在全家笑逐颜开的欢乐气氛中，过着相夫教子的日子。她的微信微博满满地都是富人圈儿的生活和少奶奶的自在，我们这些东一头西一头找工作的同学羡慕得一塌糊涂。

我们上学时好不容易认证的微博已经荒芜了，几个可怜的粉丝也跑得无影无踪。而肖潇无论新浪还是腾讯微博，甚至空间和微信，虽然都没有认证，却粉丝上千，每一条跟评都数十上百，热闹不已。我们不禁慨叹，瞧人家的福分？毕业了还可以有闲心玩这个，结婚生子两不误，日子过得如此滋润。

开始，我们几个女同学总是为她点赞，可渐渐地，大家对肖潇晒的东西已经不感冒了，也许有一种嫉妒心理在慢慢滋生。看她晒的无非是宽敞气派的居室客厅，养花种草的悠闲惬意，阳台花圃里的百合或玫瑰竞相开放的美艳，或者豪宅香车、西餐美酒、美容美甲，或优雅少妇迷人的背影、年轻慈母和幼子草坪嬉戏的镜头，等等，干吗呀，动辄晒幸福，或者发一点酸酸的心灵鸡汤、名家爱情桥段，这不是让我们这些无车无房又整天疲于奔命，早把情调扔到身后的人羡慕嫉妒恨么？

后来觉得，她对我们的态度也渐渐疏远。都在一个城市，她却很少参加同学聚会，在同学群里也不再嘻嘻哈哈说笑了，发言只剩礼貌的问候和文字上的附会，渐渐没有了实质内容。

有一次我老公说："你别张嘴闭嘴就嫉妒人家，每个人都有自己的生活方式，人家喜欢晒是人家的自由，她整天没什么具体的事情可做，也许她就是用那些找点乐子呢。一个人在现实世界里活得不够如意，能够在精神世界里天马行空逍遥一番，构造一个海市蜃楼的世界来悦己悦人，也不为过，何况她只是晒自己的物质生活。也许那是她找到的一个释放自我的出口。她并没有抬高自己贬低别人，你们作为朋友，应该多了解她，更要理解她，你认为她过得幸福吗？我看，其实她过得并不如意，说不定还在羡慕你们呢。"

我问："为何这样说？我们在拼命奋斗的她全都有了，难道还不幸福吗？"

他回答说："她晒的生活里缺少主角，丈夫不在身边的少妇能幸福吗？"

对呀，她晒出的所有生活照片都没有她丈夫，那是一个缺少男主人的家呀！

我忽然就哑口无言，电光火石般明白了一个真相，她这个灰姑娘的水晶鞋并不是王子给穿上的，而是她父亲拿命换来的。她只是嫁给了这个富豪家庭，可这个男人并不爱她，他只是为了家族的利益履行了一个承诺而已。他们的精神世界没有组成一个完整的家呀！她表面雍容华贵，灵魂深处应该是孤单寂寞的吧。

后来听肖潇的表妹说，他们的婚姻确实有问题。郭明一直把肖潇当邻家妹妹对待，但她是爱他的。她以为凭自己的温柔贤淑能够慢慢感化他，他也努力过，但对她就是热不起来。他读大学时曾交过一个女朋友，两人感情很好，后来因为家里出事，给他订了婚约，他们才被迫分开。他婚后并不幸福，后来得知那女人一直没有结婚，他们又重拾旧爱，而且生了个女儿。这是那个家庭天大的秘密。

事实上，在那个家里，肖潇成了“正房”，带着儿子和公婆住在宽敞豪华的别墅里。老人待她不薄，给郭明规定：外室不许领回家来，不许再生育儿女，更不许在公开场合抛头露面；郭明过年过节必须回到肖潇身边来，给儿子一个完整的家；肖潇的少奶奶地位不可动摇。这是公婆唯一能帮她争取来的权利，郭明也这么做了。

我想，即便如此，肖潇心里肯定也是痛苦的。不知她仍在爱着丈夫，还是为儿子，或者为自己的脸面，仍在坚守着名存实亡的婚姻。她有苦说不出，所有委屈只能自己咽下。而对于郭明来说，不能和心爱的人光明正大在一起，他也一定会感到身心俱疲。两人各怀心事的人一起维持一段婚姻，看似风平浪静的豪门生活，其实波涛暗涌啊。

想来，肖潇的生活其实是很乏味的，她没有自己的事业，不用相夫，只管教子，除此之外就是享受物质生活。所以，她把精力放到了虚拟的网络上，精心制作微博、微信、空间，那里成了她的精神世界。

有人说，爱情和婚姻并不是一回事，并不是所有的相爱的人都要结婚，也不是所有的婚姻都有爱情，这句话在他们夫妻身上完美演绎。

有人把婚姻比作鞋子，合不合脚只有自己知道。他们两个人可能都不幸福，那是被强绑在一起的婚姻。他们虽然都曾为这个婚姻努力过，但感情勉强不来。俗话说强扭的瓜不甜。

有时想想，跟肖潇相比，我们这种挣点小钱找点小乐儿的生活，或许更踏实一些。虽然为了房子的按揭，日子过得紧紧巴巴，但我们夫妻有共同的爱好、共同的目标，彼此相伴，共同成长，携手一起走过人生的酸甜苦辣，用心体会对方的感受。两个人的感情也在双方的努力中变得更加牢固，彼此成为对方生命中不可或缺的人。

这种精神世界的富有，才是真正的幸福吧！

—End—